LA OTRA CELINA

Para todos aquellos
que creen en el amor

El puente

El día en que enterramos al abuelo Martin parecía un día de fiesta. Es decir, el sol, las flores, las sonrisas en las caras de la gente que nos acompañaba aquella mañana, todo se esmeraba en recordar que Martin había sido un tipo alegre, un buen amigo, un ser humano fácil de querer.

Martin nació en New Jersey en el año 1987, y a pesar de que su nombre no llevaba acento, él siempre se empeñó en recordarle a la gente sobre aquél acento invisible, que tal vez había venido guardado en la foto de un viejo barco con nombre de pájaro –el *Martín Pescador*–, un doble proa que su viejo navegó antes de marcharse al norte.

Por ser tal vez el nieto más allegado a Martin, mi padre me pidió que lo acompañara a la casa del abuelo. Revisar sus cajones, los papeles, los recuerdos, separar las cosas de valor de aquellas que tal vez no lo tengan. Una tarea difícil la de evaluar lo que no ha sido nuestro. Quizás ésta sea la razón para que un trabajo como éste lo haga alguien cercano al corazón de la persona que ya no está.

Abrimos todas las ventanas, corrimos las cortinas, y dejamos que el sol tibio del otoño se filtrara con mansedumbre, depositándose como una caricia, en las paredes y los muebles del lugar. La casa era pequeña, una sala de estar con una mesa que servía de escritorio también, un dormitorio, y un pequeño cuarto lleno de herramientas oxidadas en su mayoría, algunas cajas, y aquél viejo baúl de madera, que de inmediato llamó mi atención.

Aparté los objetos que se interponían entre el baúl y yo, y pronto lo tuve al alcance de mi mano. Como estaba subido en una escalera y el objeto era algo pesado, llamé a mi padre para que me diera una mano. Entre los dos lo pudimos sujetar y así llegó sano hasta el suelo. Estaba lleno de polvo y de etiquetas de viaje pegadas a su madera, que hablaban de su edad y de las distancias recorridas.

Le pasé un trapo húmedo para apartar el polvo, y fue en ese momento, cuando leí aquel nombre en el bronce ennegrecido, que sentí que todo a mi alrededor se desvanecía o cobraba menos importancia. "Jorge Pistoni" decía. Lo miré a mi padre, que en ese momento dijo: era el padre de Martin, tu bisabuelo.

El candado del baúl no estaba cerrado, y eso nos permitió abrir la tapa sin problemas. Yo todavía no sospechaba que el contenido de aquel viejo cofre de madera podría influir en mi vida de la forma en que lo hizo.

Todo lo que había en su interior estaba ordenado y casi sin polvo, lo que me hizo pensar que el abuelo Martin tal vez lo haya abierto un tiempo atrás. Había un gran estuche de madera forrado en un papel que trataba de imitar el cuero, con sus ángulos cubiertos por enmohecidos herrajes de bronce, y una manija de cuero que con su estado deplorable delataba que la edad de ese estuche era mayor que la del baúl. Cuando lo abrimos, encontramos un pedazo de tela de terciopelo negro cubriendo un instrumento que yo nunca antes había visto. Seguramente quedarían muy pocos, en algún museo o en colecciones privadas, pero sabía muy bien de qué se trataba. Aquello era la voz del tango, la voz de Buenos Aires: un bandoneón.

–Un "Doble A" –dijo mi padre–, el mejor bandoneón que jamás se haya fabricado. Martin me decía que su viejo le contaba que era un instrumento con vida propia, que respiraba como una persona, y que su sonido era como una queja dulce y desgarradora.

Seguimos revisando las cosas del baúl. Había muchas fotografías, cuidadosamente ordenadas y numeradas dentro de una caja. Y luego, una pila de cuadernos atados juntos, también numerados. Deshice el nudo, tomé el cuaderno que llevaba en su tapa el número uno, y lo abrí. Esto es lo que leí en su primera hoja:

Hoy me desperté con un poco de fiebre. A pesar de la insistencia de que me quedara en la cama, me levanté y desayunamos juntos sentados a la mesa junto a la ventana de la cocina. Luego volví a la cama y me quedé dormido por unas horas.

Por la tarde y mientras yo todavía seguía en la cama, Martin vino al dormitorio y se puso a jugar en el suelo con los dos perros, que se disputaban las manos de Martin para que los acariciara. Me entretuve un rato mirándolos, también los acaricié desde la cama a uno y luego al otro, y me quedé callado, como tratando de fotografiar la magia del momento que estábamos viviendo. Seguramente esta tarde se perdería en nuestras memorias como cualquier tarde, nadie sabría de la felicidad callada que hoy disfrutamos, ni de lo que cada uno sintió. Eso me puso un poco triste, a uno le gustaría que las memorias de los momentos felices perduraran.

Entonces le pregunté a Martin:

—Si abrieras el baúl que está al pie de mi cama dentro de muchos años, cuando yo ya no esté, ¿Qué te gustaría encontrar?

—No sé. Fotos, cosas tuyas, cosas que vos hayas querido, cosas que me hagan recordarte con felicidad —dijo Martin.

—Mirá, yo tengo una caja en el ropero, que está llena de fotos en blanco y negro. Algunas sé de quien son, de mis abuelos o mis tíos, algunas de mis bisabuelos, de quienes apenas sé los nombres o a qué se dedicaron. Al morir mi madre, los posibles recuerdos o historias de esas personas, se desvanecieron también. ¿Pensás que viendo fotos o teniendo en la mano cosas que yo haya querido, puedas llegar a sentir lo que sentí, o conocer más de mí?

—No, no sería suficiente.

—¿Qué más haría falta?

—Palabras.

—Palabras que traigan historias, sentimientos, tristezas, alegrías. Sí, creo que tenés razón, Martin. Las palabras ayudarían a que uno pudiera perdurar de alguna manera. No por querer *quedarme más tiempo, entendeme. Tal vez sea ese deseo de poder llegar a tus hijos o tus nietos, a vos mismo, si alguna vez te sentís triste o con necesidad de compañía, y yo ya no estoy. Tal vez algún día te alegre abrir un cuaderno y leer sobre los momentos felices que pasamos hoy, aquí, jugando con los perros, redescubriendo que ser feliz es a veces maravillosamente sencillo.*

A vos que estás leyendo, mi agradecimiento por detenerte en estas páginas. Y mi deseo de que al leerlas, puedas sentir un poco lo que yo sentí al escribirlas, ya sean tristezas o alegrías. El que vos estés ahí, significa que lo que hablamos con Martin esta tarde ha dado resultado. Y que si bien el tiempo habrá pasado, algo de mí no se fue del todo, algo de mí ha llegado hasta tus manos.

Si Martin está a tu lado, por favor dale un abrazo de parte mía. Muchas gracias.

Jorge

Leer el nombre de mi abuelo y unas palabras escritas hacía casi ochenta años, en un ambiente tan especial como el de aquella habitación, en las penumbras de una casa vacía, ayudó a que se creara un sentimiento entre mágico y ceremonial. Ese mismo sentimiento reaparece cada vez que abro uno de los cuadernos, y ese hombre al que yo ni siquiera conocí, llega hasta aquí, se sienta a mi lado, y habla.

Dejar palabras, ya sea que hablen de alegrías o tristezas, sentimientos inspirados por la realidad o la fantasía. Cualquiera puede hacerlo, tan solo hay que sentir el deseo, la necesidad de construir puentes que nos permitan acercarnos a otros.

Mi abuelo Martin tenía razón cuando se lo dijo a su padre. Pienso que su padre ya lo sabía, y que simplemente quiso que Martin lo entendiera.

Me hubiera gustado darle a Martin este abrazo de su viejo, aunque creo que el abuelo ya no lo necesita.

Unos años más tarde, escondida dentro del viejo Doble A, encontré una carta de amor escrita por una mujer llamada Celina. Pero esa es otra historia.

Sencillez

La vida fue pasando para todos, y para mí también. Tomé conciencia del tiempo en el reloj, aprendí a aplicar las matemáticas a la economía de la casa –casi siempre restando–, y reinventé la geografía recorriendo la suavidad de tu piel. Contigo entre mis brazos descubrí nuevas sensaciones bajo los cielos salpicados de estrellas, y cada mañana que la brisa del sur despeinó suavemente las cortinas de nuestra ventana.

No me atrevo a decir si nuestro amor habrá sido grande. No hubo en lo nuestro nada fuera de lo común, o inolvidable. Tal vez el secreto de nuestra felicidad fue la sencillez con que hicimos todo, con que vivimos el pequeño universo al que pertenecimos.

No recuerdo haberte hecho ningún regalo de esos que uno recuerda toda su vida, ni que me lo hayas hecho a mí. Pero están en mi memoria las mañanas en que te dejaba preparado el café, o las noches en que te esperaba con la cena lista para que no tuvieras que seguir trabajando al llegar con tu cansancio a casa.

Por tu parte pusiste tu sonrisa y tu buen modo. Hasta cuando no había motivo para mostrarte feliz, estaba tu sonrisa. Y aunque hubiera razón para discutir, me ganaba tu buen modo. Fue todo así de sencillo, como salir a caminar sin rumbo y sin apuro. Solamente por el deseo de hacernos parte de una tarde de cielos mansos y brisas enredándose en los árboles.

Puedo decir con toda franqueza, que a tu lado aprendí a vivir. Y que si bien no recorrimos tantas distancias ni estuvimos juntos tanto tiempo, me diste todo lo que un hombre puede necesitar para ser feliz. No sé cómo explicarlo, es tan simple que no se compara a nada. Es tan sencillo que le sobraría hasta una sola palabra.

Y es que al darme lo poco que tenías me lo diste todo. Y lo hice mío, lo llevo siempre adentro, está conmigo. Si me preguntaran sobre las personas que me ayudaron a crecer, la nombraría a mi madre que me enseñó a caminar por nuestra casa pequeña y también por el mundo; a mis amigos, que con su compañía me ayudaron a vencer a los fantasmas de la distancia y el olvido; a mis hijos, por quienes aprendí el verdadero valor de las cosas. Y a ti, porque me enseñaste a amar.

El tiempo y la distancia que me alejan de nuestra última tarde, me ayudan a ver algunas cosas con más claridad. Ahora entiendo que no es justo sentir que hubiera sido mejor no conocerte. Tanto es lo que has dejado en mí.

Porque cada vez que una mujer se enamore de mí, lo hará del hombre que ama como tú me enseñaste a hacerlo. Del que de ti aprendió que un gran amor se alimenta de las cosas más sencillas. Del que regala una sonrisa y es un poco más tolerante. Del que ya no se entristece porque el amor no sea eterno. Del que por fin entiende que si un amor termina, es porque hay otros esperando por nuestro corazón. Yo sólo espero poder hacer con ellos, amores tan bellos como el que conocí contigo.

Tarde de lluvia

Escuché el abrir y cerrar de la puerta, y luego sus pasos decididos caminando hacia el auto. Casi ni me miró, ni siquiera sé si me vio. Dibujó una sonrisa de compromiso, subió al auto y se fue. Yo me quedé con la vista perdida en ese cielo desdibujado y gris, empeñado en tratar de convencerme que no estaba triste, que no me afectaba que se hubiera ido. Comenzaba a llover, y fui a la cocina a preparar un café.

El recuerdo que me trajo el olor de la leche caliente hundiéndose en el café, la tristeza de la lluvia aferrada a los vidrios por afuera, y mi propia tristeza golpeando desde adentro, fueron el triple conjuro que me llevó a pensar en otra historia. Una tarde de lluvia como la de hoy, muy lejos al Sur y en el tiempo, me la contó mi abuela Marta, que a su vez la escuchó de su abuela Dorotea cuando ella era una niña.

Sucedió en los últimos meses del año 1841. El general unitario Juan Lavalle y unos doscientos jinetes maltrechos huían de las tropas federales que venían en su busca. Un poco más atrás de Lavalle, cabalgaba una mujer rubia de ojos azules. Tendría unos veinticinco años, se llamaba Damasita Boedo.

Damasita comenzó a odiar a Lavalle cuando éste ordenó el fusilamiento de su padre, de su hermano y de su primo. Ella jamás terminaría de entender el motivo de esa guerra, generada por la ambición y el odio entre hombres que habían crecido bajo el mismo cielo. La tarde que le permitieron retirar los cuerpos de sus muertos, Damasita juró en silencio que los vengaría. Poco podía sospechar en esos días, de la trampa que el destino le preparaba.

Un tiempo después, Lavalle se le acercó y conversaron. La mirada intensa de aquellos ojos negros clavados sobre sus ojos azules, la fueron envolviendo poco a poco en un encanto en que se confundían el odio y el amor. Y aunque no pudo explicarse cómo sentimientos tan distantes podían coexistir dentro de su corazón, comprendió que ya no podría apartarse de aquél hombre. Y le entregó su amor.

Las tropas federales al mando de Oribe se acercaban, y Lavalle decidió salir hacia el norte con la poca gente que le quedaba. Había que llegar hasta Bolivia como se pudiera.

Oribe había jurado cazarlo y colgar su cabeza en la Plaza Mayor de Buenos Aires.

Y aún sabiendo ser causa de deshonra para el apellido y memoria de su familia, la noche de la partida, Damasita Boedo montó a caballo como un hombre más y fue detrás de él.

El día 8 de Octubre, el General Lavalle hizo acampar a sus tropas en un lugar llamado La Tablada. Estaba enfermo, y el cansancio de la marcha forzada por la huída, con seguridad contribuyó al derrumbamiento de su espíritu, por no poder seguir la lucha.

Ocupó una casa en la ciudad, a la que fue con algunos de sus oficiales y con Damasita. Esa noche, en medio de un profundo silencio, una partida federal pasó cerca de la casa donde se alojaba Lavalle. El ruido de los caballos puso en guardia al general y a quienes lo acompañaban, cuando repentinamente dio la voz de:

–¡A las armas!

Los federales, que ignoraban que en la casa se encontraba Lavalle, contestaron el fuego. Lavalle pasó de un cuarto a otro dentro de la casa, y se agachó para asomarse y ver por el ojo de la cerradura. En ese momento sonó un balazo, y luego dos más que se incrustaron en la madera tosca de la puerta.

Una de las balas sin dirección disparadas por las tropas federales, habría pasado por la cerradura y alcanzado al general Lavalle, cuyo cuerpo se dobló hacia adelante y cayó sin vida junto a la puerta. A su lado estaba Damasita con un arma en la mano, y también los ayudantes del general. Todos contemplaban asombrados el inesperado y trágico final de quien los había guiado en tantas batallas. Pero algo aún más trágico debía suceder.

Envolvieron al general muerto en su poncho de vicuña, cruzaron su cuerpo sobre el lomo del caballo, y comenzaron otra huída, no ya la de custodiar la vida de Lavalle, sino la de intentar salvar a su jefe muerto, de la infame vergüenza de ser decapitado y expuesto en Buenos Aires.

Juan Pedernera asumió el mando. Aquella noche le dijo a Damasita:

—Señora, el general ha muerto. Si usted desea volver con su familia, haré que la acompañen para que pueda regresar a su casa.

Y ella contestó:

—Señor general: por seguirlo a Lavalle he perdido mi honra. Ya no podré regresar jamás a mi lugar. Prepáreme una mula para seguir con ustedes.

Un par de días más tarde, la triste caravana se detuvo junto a un arroyo, y descarnaron el cuerpo de Lavalle ya en estado de descomposición. Tanto Damasita como aquellos hombres endurecidos por tanta guerra, lloraron y sufrieron cada vez que el cuchillo entró en la carne del general amado.

Cuando cruzaron a Bolivia, miraron hacia atrás, y se despidieron de la patria a la que ya no regresarían jamás. Luego llegaron a Potosí, donde los huesos del general fueron enterrados.

Tiempo después, Damasita se fue a Chile, donde vivió hasta su muerte. Es allí donde Dorotea la abuela de mi abuela, la conoció y llegaron a ser amigas. Poco antes de morir, en una tarde de lluvia como la de hoy, descorrió el velo polvoriento del recuerdo, y contó a mi tatarabuela la verdadera historia sobre la muerte de Lavalle.

La noche del 8 de Octubre de 1841, cuando los federales pasaron disparando junto a la casa donde se escondía el general, su escolta y ella, el cuerpo de Lavalle cayó sin vida al piso en un momento en el que todos enfocaban su atención a lo que sucedía fuera de la casa. Es por eso que ninguno de los presente advirtió que el revólver que Damasita llevaba en su mano, estaba humeado. Finalmente había podido vengar las muertes de su padre, de su hermano y de su tío.

La misma bala que terminó con los sueños de patria de Lavalle, se llevó también los sueños de amor de aquella mujer, que por algún error del destino, se enamoró del hombre a quien solamente debiera haber odiado.

Las circunstancias de la huída hacia Bolivia, ayudaron a agregar a aquella muerte, una dosis de misterio y épica que se agigantó con el paso del tiempo. Me imagino el inmenso dolor que en silencio habrá soportado Damasita Boedo por el resto de su vida. Y aunque la Historia repita la posibilidad de la bala pasando por la cerradura, tal vez el confiar su secreto a Dorotea, le haya aliviado un poco el peso de tanta tristeza.

Amor y odio; siempre tan cerca, siempre tan confundidos el uno con el otro.

Ya no llueve. La humedad ha empañado las ventanas. Escribo sobre el vidrio los nombres de ese amor tan antiguo, y descubro que mis ojos también se han humedecido. Me pregunto si alguna vez, otra persona, pintará en su ventana los nombres de mi amor.

La mano

L a tarde que Oreste Sigalito la vio sobre la mesa de la cocina, no necesitó abrirla y leerla, para saber que era una carta de despedida. Extendió su mano, y tomó el pedazo de papel con una actitud de ternura y resignación.

En el camino hacia su cuarto, acarició los muros con aquel sobre, tal vez en su deseo de que recibieran la suavidad de la piel de aquella mujer que ya no estaba. Parecía como si en su camino, esa carta de despedida hubiera estado destinada a unir mensajes escritos sobre las paredes.

Se detuvo al doblar en el pasillo, sacó su lápiz del bolsillo y escribió sobre una pared: "Hoy la casa vuelve a quedar vacía, y se instala conmigo la soledad".

Ya en el dormitorio, se quitó los zapatos como de costumbre: Primero el izquierdo, del que sus dedos desataban el cordón prolijamente y con paciencia, y luego el derecho, al que forzaba fuera apoyando su pie izquierdo contra el talón del derecho.

Se tiró sobre la cama con el sobre todavía en la mano. Lo miró con algo de tristeza. Lo olió despacio y profundo, y lo dejó caer a su lado, reconociendo la fragancia de quien lo había escrito.

Entornó entonces los ojos, y en la penumbra, su mano izquierda comenzó a moverse dibujando trazos delicados en el aire. Parecía un escultor que busca en la arcilla húmeda las formas ocultas de una mujer conocida y deseada.

Un amor descolorido e insuficiente fue lo único que Oreste Sigalito le entregó a la mujer, y el lo sabía. Era incapaz de dar otra cosa. No sabía amar, ella se lo había dicho. Nunca aprendió los secretos de mantener viva esa relación. Ni esa ni otras, se arriesgó a pensar.

En un principio las cosas siempre funcionaban bien, pero la sonrisa en los rostros acababa marchitándose, como una flor que no puede eludir su final inevitable.

En la conversación de aquella noche, no solo escuchó eso de sus labios. La mujer agregó que lo que más le entristecía, era no encontrar un recuerdo que valiera la pena guardar. Una relación sin recuerdos era como algo que jamás hubiera existido.

Y aunque fingiera no sorprenderse por sus palabras, dentro de él sintió el dolor que le causaban. Desde ese momento hurgó en su memoria, tratando de recordar lo vivido en los meses anteriores: situaciones, palabras y gestos. Qué difícil aceptar que no hubiera un solo momento rescatable. "¡Qué tormento no poder ser recordado!" –Pensó.

Cuando fueron a la cama, extendió el brazo derecho invitándola a dormirse sobre su hombro, y ella aceptó. Y como tantas otras noches, la mano izquierda de Oreste Sigalito recorrió con suavidad las curvas de ese cuerpo delicado al que se sentía atraído. Mientras ella dormía, la mano continuó su trabajo de copiar cada una de las formas, y así quedaron guardadas en la memoria del hombre.

Perdido entre esos recuerdos extendió el brazo, aunque ya no hubiera nadie a su lado para aceptar la invitación. Entornó los ojos, y su mano izquierda comenzó otra vez a moverse en el aire para buscar las curvas de la mujer ausente. Con lentitud Oreste Sigalito las recreó una y otra vez, y hasta le fue posible sentir la suavidad y el perfume de aquella piel.

A esta altura de su vida, ya sabía de las largas noches y el dolor que le esperaría en cada madrugada. Le entristeció imaginarse otra vez buscando una presencia que lo amara, entre tanta mujer hastiada de fracaso y soledad.

Pero tenía algo que le pertenecía, que era solo suyo: el recuerdo de las noches en que la mujer quedó dormida en su abrazo.

Sus ojos se cerraron y quedó dormido. Tenía la ropa puesta y el brazo derecho todavía extendido. La mano izquierda descansaba ya sobre su pecho.

Y en esa oscuridad de paredes escritas, de abrazos vacíos y de ausencias, su cara brilló por un instante. Una primera lágrima bajó por su sonrisa, y terminó estrellada contra el sobre, en el que quedó un nombre desdibujado.

Pensó al momento de dormirse, que su mano podría pintarla cada noche. Si insistía, terminaría por ganarle a la soledad.

Antes de irte

Te miro mientras duermes. Me abandono a ser parte de tu tiempo y espacio. No sé si estoy aquí o si me estás soñando. La realidad no importa; vivo por el deseo de existir a tu lado.

Aún en mi recuerdo escucho la explosión de tu pecho desbocado, y mi mwano levanta tu falda mansamente, y viaja entre tus piernas hacia el norte deseado, en busca de la cima de tu pubis suave como piel de durazno.

Ahogo tus gemidos con mis besos, y tu piel deja mis labios salados. Mis dedos se hacen suaves al acariciar los pétalos terciopelo de tus pezones, y viajo de ida y vuelta cada senda que tu cuerpo ofrece.

Aspiro profundo y siento tu olor llenándome por dentro.

Frágil es la eternidad del amor cuando el viaje termina. No conozco el secreto que te invite a quedarte. Te irás como viniste casi sin escucharte. Yo estaré así de inmóvil respirando despacio, buscando entre las sábanas si algo de ti has dejado.

Quedará tal vez tu perfume en el aire, y quizás las palabras que soltaron tus labios. Y el brillo humedecido de la última mirada, y un par de pétalos de rosa en mis manos.

Esquinas del adiós

L o mismo que la flor que se quedó mirando hacia el lugar por donde la acarició la última luz del sol, así me quedé yo, con la vista perdida en esa esquina por la que te fuiste. Y entiendo que el amor no dure para siempre. Es decir, creo que lo entiendo. Aunque no lo acepto. Al menos por el momento. No han pasado mas de unos minutos, y otra vez dentro de mí el torbellino de preguntas, imágenes y confusión.

Si yo estoy triste, la ciudad está triste. Me pregunto cómo van a ser mis tardes caminando solo por las mismas calles que antes compartiéramos. Y si el florista de la esquina seguirá ofreciéndome los ramos de jazmines que te gustaban tanto. Tampoco sé si voy a volver a comprarlos.

Te escribo. Escribirte es el símbolo de tu ausencia. Cada palabra me recuerda que no estás. Porque si estuvieras aquí conmigo, no haría falta escribir ni hablar. Te podría decir amor con el abrazo, con la caricia y el beso.

La tarde termina de caer y la ciudad se viste de otras luces. Me pregunto si a ti también te asusta el acecho de la soledad. El alma pesa, los ojos se humedecen, el reloj pierde importancia. Acostumbrarme de nuevo a la noche, a la amistad de los bares, a la compañía ocasional de otros ojos, de otras manos, de otros besos. Buscar en otras tus mismos ojos, tus manos y tus besos.

Con el tiempo comenzaré a olvidarte. Ya he podido olvidarme de otras como tú. Aunque de vez en cuando regresarás, te sentarás aquí a mi lado, me mirarás callada, adivinarás el sentimiento de vacío que dejaste. Yo sabré si estás ahí, y trataré de ignorarte, diré otros nombres, cantaré otras canciones, miraré otras fotos. No las tuyas, esas quedan en el fondo del cajón. Tal vez otra como tú algún día las encuentre y las rompa, convencida de realizar un acto justo y benigno.

Cada amor se queda dentro de mí, el tuyo también. Y como los otros, tu amor se ha llevado parte de mí. Y cuántas veces más volveré a amar, cuántas veces más alguien me va a amar, cuántas otras volveré a decir adiós. Y no sé si el corazón merece o puede soportar más historias como ésta. Te diría que todas son una misma historia, se repiten como una canción que escucho una y otra vez. Y aunque sé cómo termina, vuelvo a escucharla, a desearla como un suicida.

Volverás con otro nombre, con otra voz, con otra edad. Aprenderé a enamorarme de tu cuerpo, a acariciar tu piel con mis manos, a intentar palabras que te envuelvan, a acostumbrarme a las cosas que te gustan. De alguna manera estaré mintiéndote al decirte que eres a quien más he amado, que nunca deseé a nadie como tú, que contigo he conocido la verdadera felicidad.

Juntos inventaremos nuevas rutinas, nuevos juegos, nuevos nombres. Aunque en realidad sean los mismos que conocí con tantas otras.

Cada noche cuando vengas, te apretaré a mi cuerpo, mis manos te recorrerán impacientes, tus piernas se abrirán entregadas. Te subiré la falda mientras te miro a los ojos, y aunque te muestres sorprendida por descubrirte mojada, yo tal vez no me lo crea del todo. Porque siempre ha sido igual. Y nos gastaremos a besos y a caricias, refregando los cuerpos hasta que nos queme la piel.

Ya no quiero escribir más. Saldré a buscarte, estás en algún lugar, con tu soledad, con tus tristezas, con tu necesidad de esperanza a largo plazo. Yo también te necesito, por eso es que sigo en el juego. No puedo detenerlo, no quiero.

Vendrá primero una mirada, luego una sonrisa, y alguna frase que rompa el hielo. Después alguna pregunta y más tarde la confidencia. Caminar por una vereda oscura, rozar tu mano, tomarte del brazo, y finalmente arriesgar el beso que abra tu puerta. Luego lo de siempre: La cita, el deseo, la necesidad de saberte mía, la felicidad de ganar tu corazón, y un tiempo de paz y amor eterno.

Y tal vez una tarde como la de hoy, mientras caminamos por esta ciudad, tu mano se suelte de la mía, te detengas, y me des una vez más tu último beso. Y allí me quedaré un rato en silencio, mirando la esquina por la que te fuiste. Y me inundaré de una profunda tristeza, parecida a la que sentí esta tarde cuando te alejaste, tan grande como la tristeza que hoy se adueña de Buenos Aires y de mi corazón.

Nocturno

Hoy me voy a dormir temprano. Es decir, me meto en la cama; eso de dormir es otra cosa, eso llega cuando menos lo espero o lo necesito. Entonces regresas y te acuestas conmigo, te apoderas de mis pensamientos, te conviertes en mi único recuerdo, en el único recuerdo que tengo, el único que quiero. ¿Sabés? No lo entiendo. No entiendo por qué me ha pasado esto. Siempre enredándome en la situación más complicada, una especie de atracción por lo difícil. Como si ya no fuera suficiente la colección de desencuentros que llevo encima. Ahí estás, tus ojos me que miran con una limpieza de cielo infinito, y el sueño que no llega. Y te necesito y no vienes. Y cada noche vuelve a ser igual a la anterior, o es que siempre es la misma noche, que no se termina. O que tal vez para esto vivo, para extrañarte así, para estar tan solo, tal vez más solo que antes, porque ahora ya conozco lo que es no tenerte.

Y vos no sé. Tal vez con él, tal vez sola como yo, en una cama que sentís enorme y vacía. Y deseando morir en un abrazo como el mío, y yo que podría usar estos brazos ahora. Para abrazarte a ti o a cualquier otra, pero preferiría abrazarte a ti. Ojalá vinieras, ojalá sonara el timbre o el teléfono, y escuchara de tu voz las palabras que tanto deseo escuchar. Esas palabras que no te pido ni te pediré, porque ése fue el trato, no hablar del futuro, no pedir más de lo que el otro quisiera dar. Y yo dije que sí, aunque desde el mismo principio sabía lo que eso podía doler. Y duele. Carajo si duele.

Si supieras las veces que he planeado no llamarte, no volver a escribirte, y borrarte poco a poco en mis pensamientos, comenzar a cerrar esas puertas que siempre tengo listas. Una manera de envasar los recuerdos, de obligarme a no sentir. Y entonces vuelves, y las puertas se abren, y el corazón se entrega entero a tu dulce amor.

No sé hasta cuando pueda servirme esto, no porque sea impaciente, no porque no pueda esperar. Pero si tan solo hubiera algo para esperar. No te lo dije antes, pensé que sería un egoísmo hacerlo. Decirte que quiero todo tu amor, que te quiero entera para mí, que no me importa lo que sientes por él, que no puedes vivir entre dos mundos. Y decirte que tu amor es hermoso, pero que duele un montón cada noche sin vos, y muchísimo más este sentimiento de condenarme a una lenta eternidad de noches como ésta, que nunca terminan. Yo no sé por cuánto tiempo se puede vivir con el corazón desgarrado.

Y mañana cuando el despertador me grite las malas nuevas de seguir vivo, todo comenzará como si nada. Saludaré amable a cada persona que se me cruce, y con seguridad pensarán que soy un buen tipo, siempre cordial y tan sonriente.

El día pasará como un goteo lento, hasta que el sol se canse y se vaya a otro lado. Y la noche otra vez toda aquí adentro, y todas mis tristezas, las viejas y las nuevas.

Y muy despacio, con este mismo dolor, sentirte, desearte, esperarte otra vez. Como si fueras la única mujer que queda en el mundo.

Hubo un vínculo que yo creé contigo, antes de saber que la historia de amor era solamente mía, y no lo he podido romper, no sé si por falta de voluntad o por que de plano es un placer que no quiero negarme. Encontrar un corazón afín al mío me produce tal euforia, que pierdo el piso. Lo malo es que el tiempo y la realidad van cambiando las prioridades, y de pronto el corazón pasa a segundo término porque se le atraviesan mil cuestiones que se vuelven más importantes que él. Pero, terca y aferrada, sigo esperando ese corazón, que pensé alguna vez que era el tuyo —¡cómo saberlo!—, quizás era, pero no era para mí. Eso es lo que ahora sé, aunque me choque saberlo. Pero también sé que me gusta saber que existe, y que no quiero, aunque a veces me dé por la nostalgia, dejarlo nunca. Lo único bueno de que no me hayas querido, es que tu corazón no va ser como los demás que se corrompen con los intereses cotidianos. El tuyo va a permanecer intacto, perfecto, puro, justo a la medida de mi sueño.

Celina

Ciudad de sombras

Creo que hoy conozco y entiendo mejor a mi abuelo que cuando estaba vivo. En aquellas tardes de estudiante yo iba a visitarlo al barrio de Belgrano, en su casa de hombre solo de la calle Libertador que todavía era angosta. Me gustaba escucharlo hablar de sus años en el sur, cuando se ganaba la vida viviendo en aquellos faros olvidados de los puntos más inhóspitos de nuestra costa.

En lugares como Cabo Vírgenes, allá donde se acaba el mundo, fue donde creció mi padre. Jugando con armas de verdad junto a los hombres rudos del faro, aprendiendo a leer y a escribir con su madre, y no sabiendo, porque no conocía otra cosa, de la tremenda soledad a la que toda la familia estaba condenada.

Me decía el abuelo que tres veces que regresó a Buenos Aires, tuvo que volver a comprar esa casita donde vivía su madre y sus hermanos. Y es que Francisco el menor de ellos, la vendía para saldar deudas de juego, comprándole a la vieja otra casa en la vereda de enfrente, Que era más barato. Y que ya a principios de siglo estaba planeado que esa parte de la calle fuera derrumbada, para darle paso al progreso hambriento de avenidas anchas.

Fue en esta misma casa en la que yo venía a ver al abuelo, que un día velaron a su hermano menor que se había suicidado. Hace pocos años mi hermana me contó, que fue en ese mismo velorio que la madre de mi abuelo murió de un ataque al corazón.

Pobre hombre, qué vida de pérdidas le tocó. Como si eso no hubiera sido suficiente, cuando mi padre era un muchacho, también murió mi abuela. Me imagino que mi abuelo tendría por entonces cuarenta años y mi viejo unos quince o diez y seis.

Pasó el tiempo en el barrio de Belgrano, mi viejo se casó y llegamos los nietos. El abuelo seguía viviendo solo, en la misma casa con los mismos recuerdos. Cuando yo tenía diez años recién estrenados, otro golpe durísimo nos sacudió a todos, aunque creo que a mi abuelo aún de manera más brutal. Mi viejo decidió volarse la cabeza de un disparo, creo que por no poder soportar la tristeza de saber que se iba a quedar ciego. Digo creo, porque no nos dejó ni una nota diciendo adiós.

Una vez más la casa de la calle Libertador se llenó de gente vestida de negro con caras que yo no conocía. Se me acercaban, me acariciaban la cabeza una y otra vez, y decían

"Pobrecito, ahora es el hombre de la casa". Yo no me animaba a entrar a la habitación, sabía que ahí estaba mi viejo con los ojos cerrados y la cabeza vendada. Mamá lloraba mucho y estaba tristísima y ojerosa. Mi abuelo tenía la mirada perdida y solamente hablaba cuando alguien lo venía a saludar. Esa fue la primera vez que noté que el cuerpo de mi abuelo se quedaba sin sombra.

Será por estas cosas y otras que no sé, que siempre lo vi a mi abuelo con esa franja de tela negra cocida en la manga derecha de cada saco y cada camisa que usaba. Tal vez quería que la gente estuviera alerta al acercarse a él, de que era un hombre triste, cargado de pérdidas y recuerdos. Tal vez era por eso que andaba siempre solo. La gente no se acerca a los que están tristes.

Cuando terminábamos con nuestras charlas, durante esas visitas cortas que yo le hacía, él viejo me acompañaba caminando despacio hasta la parada del ómnibus. Se tomaba de mi brazo y caminábamos por las veredas de ese barrio que aún resistía noblemente al cambio de las épocas, con sus calles de adoquines y sus negocios familiares.

Entonces empezaba el abuelo con su colección de historias de tiempos idos, y yo me daba cuenta de que el viejo se iba quedando sin sombra, pero no decía nada y lo dejaba hablar.

En esta esquina paraba el tranvía a caballo. Con otros pibes del barrio, esperábamos sentados en el cordón de la vereda y cuando subía o bajaba del tranvía alguna mujer, entonces nos hacíamos una fiesta porque le veíamos el tobillo.

Y ahí donde esta ese galpón cuidaba caballos de carrera Carlos Gardel antes de que empezara a cantar.

Y en este caserón que se está casi viniendo abajo, una vez fui testigo del duelo de dos muchachos de familia acomodada, que se batieron por el amor de una mujer. Y los dos murieron en el duelo.

Sus ojos azules se iluminaban por momentos y luego los volvía a sentir lejanos.

Cuando llegábamos a la parada, pienso hoy que él deseaba que ese ómnibus se demorara, así podía estar conmigo un poco más. Qué poco sabía yo entonces de tristezas y pérdidas, cómo iba a entender todos esos silencios, o cuando se le quebraba la voz. Nunca me pidió que me quede a dormir.

Yo subía al ómnibus, y lo veía quedarse pequeño con la mano levantada diciendo adiós. Luego miraba al costado, tal vez para asegurarse que la sombra había regresado, y entonces daba la vuelta y caminaba hacia su casa y su soledad.

Unos meses después que cumplí dieciocho años, mi madre me mandó a llamar para decirme que el abuelo había muerto. Un automóvil lo atropelló al cruzar por descuido cuando el semáforo se había puesto rojo. La avenida Libertador había sido ya ensanchada, y el barrio se estremecía con el apuro de los nuevos tiempos.

El abuelo había salido sin documentos, solamente con las llaves. Como no había nadie que esperara por él en su casa, es que tardaron tanto en dar con nosotros que éramos la única familia que le quedaba.

El entierro fue sencillo y triste, estaba nublado y caía esa llovizna que no alcanza a mojar pero que nos recuerda que el sol no está. En esos días la gente no proyecta sombras, tal vez porque todo ya está ensombrecido.

Vendimos la casa de Belgrano, donde luego construyeron un edificio bajo de departamentos. Me pregunto adónde habrán ido a refugiarse todo esos recuerdos y esas imágenes que habitaban la casa, o si habrán partido definitivamente.

Entre las cosas que guardo, está el manojo de llaves grandes que siempre cargaba el abuelo y que estuvieron con él hasta el final. Con el tiempo y el desuso se han ido oxidando, ya sin la mano que las usaba para abrir y cerrar puertas, para revivir o espantar recuerdos, para entrar o salir de la soledad

Cuántas veces habrá querido irse el también, pero nunca tuvo las fuerzas o la insensatez de condenarme a recordarlo aún con más tristeza. Tal vez él mismo eligió el día y la forma sutil, cuando ya no pudo más. No sé, tampoco importa demasiado; yo le doy las gracias por haber tenido el valor de quedarse todos esos años.

La cara de Buenos Aires sigue cambiando pero aún así yo siempre la siento igual, llena de sombras y recuerdos. Un lugar en el que se puede morir de mil maneras diferentes, aunque para algunos, la más dolorosa es la de seguir vivos.

Patria herida

Tuve una infancia de guardapolvos blancos y oración a la bandera. Recuerdo ese trapo celeste y blanco que cada mañana se elevaba en un mástil y parecía llegar hasta el mismo cielo. Entonces la patria era una mezcla de valerosos héroes de los libros de historia, y una esperanza grande como el mar.

La China Castro tenía los pechos más hermosos que mis ojos y mis manos jamás acariciaron. Sus ojos negros eran dos brasas encendidas de picardía y desafío. Durante el último año de bachillerato intenté varias veces ser algo más que un amigo para ella. Pero ese año, lo nuestro no pasó de un par de escapadas a vagabundear por las calles de Buenos Aires durante las horas de clase, o compartir un café y un cigarrillo en algún bar cercano al colegio. Una de esas tardes que pasamos juntos, me escribió en una servilleta de papel la letra del tango Sur. A mí todavía no me gustaba el tango.

Al terminar el año 72, mi madre vendió la casa y nos fuimos del barrio.

Aquellos eran años difíciles y convulsionados; la gente vivía con miedo. Los ideales políticos, la guerrilla y la dictadura se habían encargado de dividir el país, sembrando terror y sangre en todas partes. La realidad de nuestra tierra ya no tenía nada que ver con la visión de la patria grande y generosa que soñáramos en nuestra época de estudiantes.

Consuelo tendría unos treinta años cuando venía a casa a ayudar con la limpieza y el planchado. Creció en el orfanato de una monjitas, y desde pequeña tuvo que trabajar lavando ropa. Una vez me contó que cuando niña, la hacían pararse sobre un banquito para que alcanzara la pileta donde refregaba la ropa.

En diciembre del 75, después de Navidad, Consuelo no vino a trabajar. Unos días más tarde apareció en casa muy demacrada y nerviosa. Nos contó que había pasado la noche del 24 aplastada contra el piso protegiendo a sus dos niñitos, en la casita de Monte Chingolo, un barrio pobre en las afueras de Buenos Aires. Rezaba y lloraba mientras las balas se metían por las paredes débiles. La guerrilla y el ejército se encargaron de que ese año los pobres de Monte Chingolo no tuvieran Nochebuena.

Creo que fue por esa época que me contaron de un tal García Cano, que había sido militar y estaba retirado. Tenía cinco hijos; yo los veía algunos domingos a la salida de misa, en la iglesia del Carmelo. Según parece el tipo se ocupaba de hacer trabajos especiales. Recibía un llamado telefónico, y una voz le daba una dirección. El hombre se llegaba hasta el lugar, forzaba la puerta si era necesario, y sin hacer preguntas ni dar explicaciones mataba a todos los que estuvieran adentro. Me imagino que luego volvía a su casa, y se ponía a jugar con sus niños.

Yo mientras tanto soñaba con viajar, con irme lejos, conocer otras tierras, amar a todas las mujeres bellas. Motocicleta, pelo largo y barcos. ¡Qué lindo se sentía el sol sobre la piel!

Cuando cumplí años en el 76, recibí un llamado telefónico inesperado. Era una voz familiar, una voz que yo creí que no volvería a escuchar: "Hola. Feliz cumpleaños. Habla *La China* Castro. ¿Te acordás de mí? Quisiera verte".

En menos de dos horas estaba en el lugar acordado. Un bar, todavía bohemio, de la calle Corrientes llamado *Politeama*. Besos, café, recuerdos y risas. Mis ojos la recorrían con una mezcla de admiración y deseo. Después de un rato de hablar, me animé y la invité a ir a un hotel.

Nos subimos a la moto y terminamos en el de la calle Azcuénaga, ahí enfrente del cementerio de La Recoleta, con tantos muertos ilustres y gente de apellidos importantes.

La China gritaba con placer y euforia, apoyada en la ventana abierta del cuarto. Nos reíamos mientras hacíamos el amor, llamando a los héroes de los libros de historia que ahora se hospedaban en el hotel de enfrente, el cementerio; tan quietos ellos y nosotros en cambio, tan jóvenes, tan vivos, y tan irrespetuosos.

Nos encontramos varias veces más. Una noche de regreso a su casa, nos detuvimos en un parque en Palermo, y sentados en un banco de plaza nos pusimos a conversar. Me dijo de repente "Soy *Monto*, pibe. No es bueno que estés conmigo". Me habló de las cosas que había hecho, de la noche del combate de Monte Chingolo, de gente joven muerta, de una patria en sangre que yo no conocía, tan lejana a mis sueños de viajes y aventuras. Yo no supe qué decir. La llevé a su casa, ella iba abrazada a mi cintura. Nunca la volví a ver.

Un tiempo después un amigo que encontré caminando por la playa, me dijo que *La China* había desaparecido. Yo no pregunté más, en esa época la gente no se animaba a preguntar ni a responder. Nadie confiaba en nadie.

Los años que siguieron trajeron viajes y distancias. Una vez en una fiesta un tipo medio borracho nos contó que para ganarse unos pesos, le sacaba la sangre a los torturados que esa noche iban a ejecutar, y la vendía. También conocí a otro fulano, un borrachín con apellido de santo que era piloto. Me dijo que participaba en los vuelos nocturnos que salían desde Buenos Aires, llevando su cargamento de cuerpos casi sin vida, que después de las torturas y violaciones, eran arrojados al mar en bolsas.

Cada uno a su manera, estaba convencido de estar haciendo algo por la patria.

Cuando pienso en *La China*, trato de recordarla linda y joven, gritando desafiante a los héroes y las tumbas desde la ventana del hotel en el que hacíamos el amor. No quiero mezclar su historia con ninguna de las otras historias de esa época. No quiero pensarla ni torturada, ni violada, ni desangrada, ni siendo arrojada viva desde un avión, hasta perderse con sus sueños de patria, en las profundidades del mar.

Me fui muy lejos, y vino el tiempo y la distancia. Aún los recuerdos regresan, todavía regresan, todavía duelen.

La Catedral

Una noche mas, igual a tantas otras. Lenta y perezosa se irá desdibujando en el recuerdo. La vereda de Corrientes, que a esa altura es angosta, le tiende en silencio su trampa de baldosas flojas e inundadas. Obligado a esquivarlas, el hombre se mete por Medrano buscando un lugar seguro por donde cruzar. Y Ahí la ve por primera vez, vestida de gato y con paso acelerado perdiéndose en la calle oscura que parece tragarse todo entre sus sombras. Su instinto cazador lo hace apurarse y la alcanza al llegar a la esquina.

–Esta noche te acompaño hasta el fin del mundo, si me dejás.

La mujer se voltea, lo recorre de la cabeza a los pies, y le dice mirándolo a los ojos:

–No hace falta ir hasta el fin del mundo. Voy a La Catedral. ¿Te gusta la milonga?

–Sí.

–Es acá a mitad de cuadra. Vos pagás.

Se detienen y la mujer golpea varias veces la puerta de un lugar sin luces, que más que abandonado, parece salido del olvido de ese barrio de Buenos Aires, que se empeña en resistir el paso del tiempo.

–¿Estás segura de que es acá?

–Sí. No seas impaciente.

–Me llamo Oreste ¿Y vos?

–Gricel.

–¿Como la del tango?

–Sí, pero más mala. Los hombres me tienen miedo. ¿Vos sos miedoso?

–Si me lo preguntás, me dá más miedo morirme sin conocerte que entre tus brazos.

La sonrisa de Gricel le hace olvidar todas las sombras, cuando el ruido de la puerta que se abre lo devuelve a la realidad. Un hombre de pelo largo la saluda a Gricel, y lo mira con la mano extendida diciendo "Son diez pesos".

Paga y los dejan entrar al edificio que alguna vez habrá sido una fábrica o taller. Comienzan a subir por un escalera sin baranda y paredes sin terminar, todo alumbrado por unos bombillos de luz que apenas ayudan a imaginar por dónde no caerse al vacío.

Las piernas de Gricel y el movimiento provocativo de sus caderas al subir cada peldaño, se confabulan para desbocar el corazón del porteño cazador, que no sospecha de la trampa en la que está por caer.

Al llegar al tercer piso el hombre de pelo largo corre con el brazo un pedazo de sábana colgando que hace las veces de cortina, y los deja pasar a ese lugar tan insospechado como mágico.

El techo allá arriba, tan lejos como el cielo mismo, y abajo una pista impecable de madera donde bailan dos o tres parejas ajenas a todo lo que no sea su íntima ceremonia.

Alrededor de la pista, sillones viejos con los resortes apareciendo por entre el tapizado desgarrado, camas y alguna que otra mesa. Gente vieja y gente joven, mujeres vestidas de negro, medias de red, cigarrillos y alcohol. Y completando esa estampa irreal, una guitarra, un violín y un bandoneón, hilvanan con enamorada dedicación, la voz inmortal de la ciudad, el tango.

—Esto es La Catedral. ¿La conocías? —Pregunta Gricel.

—No, escuché hablar de ella, pero poca gente sabe dónde queda. Hasta llegué a creer que no existía.

—Y aunque supieras donde queda, no te dejarían entrar si no sos conocido o alguien te invita. Es un lugar reservado, sin turistas ni curiosos. Queremos mantenerlo así, como un secreto. Vení, vamos a bailar.

Se pierden en las penumbras de la pista, él le ofrece su mano izquierda a Gricel, y apoya con delicadeza los dedos de la mano derecha en la espalda desnuda de la mujer, un poco más arriba de la cintura. El bandoneón comienza a gemir con sus bajos y sus voces, abriendo y cerrando una y otra vez. La vida que se escapa cuando lo cierran, la vida que regresa cuando lo abren. Y con la misma destreza con que los dedos del músico le sacan al fuelle su queja de lánguida melancolía, los dedos del hombre marcan en la espalda de Gricel cada movimiento que él quiere de su cuerpo.

Pasan las horas, los dos siguen bailando hasta la madrugada. Ya se ha ido los músicos y casi no queda gente. Sus cuerpos que comenzaron enredándose en el tango, terminan enredados en los abrazos, las caricias y los besos.

Y cuando ya no puede más, la toma a Gricel de la mano y se van juntos por las escaleras. Un piso más abajo, en un rincón donde la luz no llega, los dos se buscan, se apoyan, se refriegan transpirados, se aman como dos salvajes.

El corazón golpeándole en el pecho le pide que no siga, pero no quiere controlar tanto deseo. La soledad lo espera afuera. Y con un dolor adentro, muy adentro, mientras se escapa de su pecho el último suspiro, por sus ojos entra la última imagen de esa mujer deseada.

Gricel se arregla la ropa, sale a la calle y encuentra un taxi.

Detrás, en La Catedral, queda el cuerpo sin vida de Oreste Sigalito, como si fuera un viejo bandoneón al que ya nadie tocará.

Abriendo y cerrando

"El tango es un sentimiento, es la historia de la vida, algún día lo vas a entender". Así me hablaban los viejos, yo entonces era joven, no podía comprender.

Los años pasaron y dejaron sus marcas en el corazón, y de a poco comencé a descubrir el tango, a quererlo, a necesitarlo. Al principio escuchaba a Piazzolla, lo único que se podía conseguir de tango, fuera de Buenos Aires. Aprendí a distinguir los instrumentos de la orquesta y a disfrutar los arreglos. Descubrí que la misma canción parece nueva, diferente, dependiendo del estado de ánimo.

El tango llega al corazón del porteño en dos etapas bien marcadas. La primera es indudablemente de dolor. La sensualidad de esa música nos deja los sentimientos en carne viva, es imposible no ponerse triste. La segunda llega más tarde, cuando el corazón ya está acostumbrado a ese quejido lastimero y misterioso, y entonces la música se convierte en una compañera inseparable, se hace un nido adentro nuestro para quedarse. Y para que esto sea posible, el tango tiene un aliado incuestionable, el bandoneón.

En sus comienzos, a fines del siglo diecinueve, el tango era una música menos cadenciosa, ejecutada con guitarras y flauta, alegría del bajo fondo y los prostíbulos de la vieja aldea. Creen que alguna vez, un hombre de paso, tal vez un marinero alemán, no teniendo dinero para pagar por los servicios recibidos, tuvo que dejar su instrumento.

Pasaron los años y el bandoneón se metió en el tango, y el ritmo de los compases debió hacerse más lento, dado que su complejidad no les permitía a los músicos tocar muy rápido. Y fue este instrumento ajeno a mi ciudad el que le dio al tango una nueva vida. Su voces melancólicas se identificaron con la tristeza profunda y la nostalgia de tantos inmigrantes que habían llegado a esta tierra con la esperanza de una vida mejor.

El bandoneón es la voz de Buenos Aires. Buenos Aires es un bandoneón.

Y llegó el día en que sentí el deseo de tener uno.

No es fácil encontrar un bandoneón. Ya no los fabrican, y si tal vez uno encuentra un Premier de los modernos, seguramente no tendrá el sonido de aquellos Doble A fabricados por Alfred Arnold, con maderas estacionadas por más de 60 años, y con peines de metal hechos con una mezcla de metales cuyas proporciones el viejo se llevo con él. Nunca más se pudieron fabricar instrumentos con esa calidad.

Recuerdo aquél jueves por la mañana, cuando compré el diario Segunda Mano, y en la lista de instrumentos en venta leí el aviso "Vendo Doble A, muchos años guardado". Anoté el número de teléfono y llamé a la persona que lo vendía. No estaba muy lejos de mi casa, así que tomé un taxi y fui a verlo.

El departamento era sombrío y pequeño, al abrir la puerta, sentí que aquel hombre era también como un mueble en ruinas, y que hacía juego con el resto de la decoración del lugar. Trajo la caja dura con manija, que mostraba señas del paso del tiempo.

–Es la caja original –me dijo, mientras señalaba el estampado con las dos "A".

Cuando abrió la caja y lo vi, mi corazón latió con fuerzas. Todo negro, con tres rombos de nácar incrustados en cada uno de los cuatro lados de las cajas.

–Igualito al de Troilo. Era de mi tío, que en una época tocó en esa orquesta. Por más de cuarenta años estuvo guardado en un ropero. Lo tengo que vender porque necesito el dinero. La semana que viene me mudo, ya no puedo pagar el alquiler del departamento.

–¿Lo puedo revisar? –Le pregunté.

–Si, por supuesto.

Miré los botones, eran todos originales, levanté el fuelle con una mano, desde una de las correas. El hombre me miró asustado.

–No te preocupes es para ver si el fuelle tiene pérdidas. Parece que no, las cajas casi no se separan.

Apreté los botones y así asegurarme que todo estuviera bien.

–¿Cuánto querés?

–Dos mil –dijo, y agregó: –Dólares.

–Trato hecho.

–No te vas a arrepentir. Es una joya.

Después de pagarle, le pedí que me hablara un poco de su tío. Un amigo mío dice que los seres humanos dejan parte de sí mismos en los objetos que aman.

El hombre me habló del dueño del fuelle, me mostró fotografías de la época de la orquesta, y de una historia triste de amor entre su tío y una mujer que lo había llevado al suicidio.

–Mirá. Esta es la mujer, era la bailarina de una de las parejas que acompañaban a la orquesta en sus presentaciones. Se llamaba Celina Ruiz.

–¿Y qué lo llevó a tu tío a quitarse la vida?

–Yo no sé bien el motivo, era un niño cuando sucedió. Mi madre nunca hablaba del tema. Tomá, si querés te puedo dar una de estas fotos, yo tengo otras. Después de todo, te estás llevando algo que él debe haber querido mucho.

Nos despedimos, y yo me fui con mi caja, y con el corazón sumido entre la alegría de la compra y la tristeza de la historia que había escuchado. No quise darme vuelta, quizás para no ver otra vez la mirada melancólica de aquel solitario.

Unas semanas después, abrí las tapas de mi bandoneón para mirar la maravilla del mecanismo de peines y lenguas de cuero. Al costado de donde se apoyan los peines, habían escrito con lápiz la fecha de la única afinación, sesenta años atrás. Cuando apoyé la tapa sobre la mesa, vi en su cara interna un papel doblado y amarillento que me llamó la atención. Lo despegué con cuidado para que no se rompiera y lo abrí. Era una carta, y decía así:

Mi querido Antonio:

No hay nada más difícil que escribir las palabras para decirte adiós. Contigo conocí el verdadero amor, y aunque sea profundo lo que siento, no puedo seguir viviendo de esta manera. Mi marido me ha dicho que si me voy de casa, te va a matar. Eso no debe suceder. No sé de dónde sacaré las fuerzas para dejar de verte o dejar de amarte. No deseo vivir si no puedo estar a tu lado.

Alguna vez, cuando abras este fuelle te encontrarás con mi despedida. Quiero que sepas que te amé desde la primera vez que escuché tu música, es tal vez por eso que no encuentro mejor lugar que éste para dejarte mi promesa de amor eterno. Perdóname por no haber tenido la valentía de quedarme, prefiero irme yo antes de que alguien pueda hacerte daño. Mi corazón se queda aquí contigo, acompañándote en la música que tanto amamos y que nos unió.

Tuya siempre, Celina.

Doblé aquella carta con cuidado y la puse en el mismo lugar en el que Celina la dejara el día de su despedida. Cerré el bandoneón y lo guardé con delicado respeto en su caja.

Pasaron ya varios años desde entonces. A veces, cuando el corazón me lo pide, saco el viejo Doble A de su caja, acaricio los botones y les saco melodías antiguas. Melodías que tal vez llevaba guardadas dentro, desde siempre y para siempre.

Al abrirlo siento como el aire le infla los pulmones, lo cierro y el aire se escapa por la válvula. Abriendo es la vida, cerrando es la muerte. La vida besando a la muerte en cada movimiento. Así es Buenos Aires. Así es el tango. Así es el amor.

El mismo camino

M e arregló el cuello de la camisa así, dándole ese toque de magia que parece que todas las madres supieran ponerle a las ropas gastadas, que nos hace sentir la seguridad de que estamos impecables. Me metió un rollito de billetes en el bolsillo diciéndome "Esto es para el pasaje". Me pasó la mano suavemente por la cabeza en un gesto que hoy pienso que era más de ternura que por el afán de arreglar mi cabello. Después vino un abrazo y un beso de esos que llegan hasta adentro y dijo "Váyase *m'hijito*, que va a llegar tarde". Me dio la bendición y yo dí media vuelta y comencé a caminar apurado hasta la parada.

Un par de horas más tarde, cuando estaba llegando a la terminal de autobuses de Plaza Once, el corazón me empezó a golpear adentro del pecho, como cada vez que uno sabe que va a suceder hacer algo emocionante. Me acerqué al conductor y le dije que me bajaba en la próxima parada.

No esperé a que el vehículo se detuviera totalmente, y me bajé de un salto como esos que dan los ladrones de la poesía de González Tuñón. Sentí que la libertad era una mujer deseada que se me entregaba en cueros a plena luz del día. Era el mes de Enero, el año era joven y las penas también.

Caminé unas cuadras y llegué al Mercado de Abasto que en aquellos años todavía sobrevivía orgulloso en esa parte de Buenos Aires casi olvidada por el progreso prometido por los gobiernos.

Vi todos esos camiones cargando y descargando sus mercaderías de vegetales y frutas, que iban al remate ahí sobre las balanzas, y los compradores que se peleaban por conseguir el mejor precio para lo que se querían llevar.

Mi interés no estaba en la mercadería en venta, sino en el camión mismo. Comencé a hablar con los camioneros uno por uno, preguntándoles si iban para el Oeste. Algunos iban para Santa Fe, otro para el Sur, algunos para el Norte.

Finalmente uno respondió:

—Si pibe, voy al Oeste. ¿Adónde quiere ir?

—A Mendoza.

—¿A qué parte de Mendoza?

—El Carrizal.

—Te puedo dejar en Luján de Cuyo, ¿te viene bien?

—Si, desde ahí puedo tomarme algo o llamar que alguien me vaya a buscar.

—¿Cuántos años tenés?

—Once, pero cumplo doce en Noviembre.

—*Tá bien muchacho, usté ya es un hombre.* Asegúrese de ir al baño y comer algo antes de salir, que hasta la noche no vamos a parar. Es un camino largo.

Yo respiraba agitado de los nervios, miré a esquina cercana, y descubrí un café. Me despedí del camionero con un ya vengo, y caminé apurado hacia ese lugar. Me tomé una leche chocolatada con un alfajor y me llené los bolsillos de caramelos. Y ya me sentí preparado para el viaje.

Interminables me parecieron las vueltas que el viejo camión Bedford tuvo que hacer por las callecitas menos transitadas de la ciudad, hasta poder salir a la ruta. Cuando los últimos caseríos quedaron atrás, el camionero se sacó las alpargatas, tomó un trago de agua de una botella que me pasó para que yo tomara. El camión comenzó a devorarse los mil cien kilómetros que separaban Buenos Aires de Mendoza, con sus diecisiete toneladas de semilla y nosotros dos en la destartalada *cocktelera* que era la cabina.

Repetí esa forma de viajar por algunos años más, con la complicidad de mi tía Chiquita en mis trayectos de regreso a Buenos Aires, para que nunca le dijera a mamá lo que yo hacía.

Aprendí a comer *sandwich* de milanesa con vino tinto y a fumar cigarrillos negros sin filtro, escupiendo por la ventanilla los pedacitos de tabaco que se me quedaban en la lengua; a golpear las cubiertas del camión con un pedazo de caño para saber si estaban bien de presión, y a bajarme sin protestar en el medio de la ruta, cuando el conductor se detenía y hacía subir a una rutera. Recuerdo que paraba el camión en algún lugar discreto, y me decía "Pibe, bájese y vaya a dar una vuelta. Yo le aviso con las bocinas cuando puede volver."

Y yo me iba por allá atrás, y no despegaba los ojos del camión, siempre con ese miedo de que me fueran a dejar ahí en el medio de tanto campo. Metía la mano en el bolsillo y me aseguraba que el rollito de plata del pasaje todavía estuviera en su lugar.

El tiempo pasó, las caras han cambiado y creo que yo también cambié. El único que siempre está ahí delante de mí es el camino. Son otros los nombres de los pueblos y de las personas, y hasta distinto el color de las banderas. Pero ahí me espera siempre él, contagiándome su destino de río incansable. Me lleva y me trae, me enseña algo nuevo cada día, con cada soledad y en cada nuevo amor.

Sigo mi viaje, me repito que en algún lugar me espera el verdadero amor. Yo sólo tengo que dejarme llevar por el camino.

De pronto se me ocurre pensar en lo feliz que soy
y vengo a darte las gracias por eso,
por tus brazos, tus escritos
y tu amor
que parece que es como un gigante
que perdió el sentido de mesura
y se quedó creciendo
para siempre.

Celina

La otra Celina

Pasa el hombre por las ciudades. Digo pasa el hombre y pasa solo. Acumula capítulos a su vida. Digo acumula –como si la vida fuera un objeto coleccionable–, y sí lo es, pero no de esta forma que a veces se antoja impersonal. Y paso creo, y busco. No encuentro, pero todavía busco. La esperanza, me repito. Como un pedazo de papel doblado que siempre va conmigo, así me lo dijo Daniel aquella noche en Buenos Aires. Busco volver al Sur, allá está la vida esperándome. Creo, quiero creer. Sé que no está en el Norte.

Un andar desganado que atribuyo a la altura, me llevó aquella tarde por la avenida Quevedo. Cuando vi la librería *Ghandi*, no lo pensé dos veces y entré. No sabía yo en ese momento, que tal vez allí comenzaría el Sur.

Subí por la escalera en busca de la sección de literatura hispano americana. Se me ocurrió pensar que algún libro de Piglia o de Aira, me ayudaría a olvidar la predecible monotonía de los *best-sellers* que se venden en los aeropuertos. Me dirigí a una mujer que en el brazo izquierdo cargaba una pila ilógica de libros, y con su mano derecha buscaba en los estantes, o ponía alguno de los que cargaba, o aumentaba esa pila sobre su brazo, que yo ya veía en el piso.

—Buenas tardes, ¿me podría decir si tienen algo de Ricardo Piglia o César Aira?

Me miró y se sonrío divertida diciéndome:

—No trabajo aquí. Pero puedo ayudarte, recién me pareció ver algunos de sus libros. No sé por qué tienen todo tan desordenado.

—Quizás sea la excusa para recorrer toda la estantería —dije yo, en un intento de parecer simpático luego de haberla confundido.

—¿Puedo ayudarte con los libros? —Ofrecí al verla tan dispuesta.

—¡Ay! ¡Muchas gracias! —dijo ella mientras me pasaba la pila en la que vi *El túnel* y *La guerra del cerdo* entre otros.

—Parece que te gustan los autores de mi país.

—Sí, me divierte la locura con que escriben.

Debo reconocer que me gustó.

—Es parecida a la locura que vivimos cada día. ¿Conoces Buenos Aires?

—Sí, es una ciudad increíble. He ido algunas veces, pero creo que nunca se termina de conocer. Tiene tantas caras...

Y otra vez me gustó lo que decía.

—Me llamo Jorge.

—Y yo Celina. Mucho gusto. —Y me extendió la mano.

Cuando intenté estirar la mía, la pila de libros perdió el equilibrio y terminamos los dos en el piso juntándolos y riéndonos, como dos chicos que han hecho alguna travesura.

—Qué lindo tu nombre, no es nada común.

—Muchas gracias. Me lo pusieron por mi abuela materna que, como vos, nació en Argentina.

Me quedé mudo. No sé cómo habrá sido mi cara, pero no sabía qué decir.

—¿Estás bien? Te pusiste pálido.

—Sí, debe ser la altura, me falta el aire, creo que subí muy rápido las escaleras.

—Aquí hay una cafetería, ahí puedes tomar algo y te sentirás mejor. Yo te acompaño.

Ella le encargó los libros a un empleado, y subimos por una escalera corta que nos llevó a un lugar reducido e íntimo, con mesas bajas y sillones. Celina pidió dos cafés y unos vasos de agua.

Me tomé el café y luego el vaso de agua. Ella me miraba preocupada.

—Ya me siento mejor. Muchas gracias. ¿Me decías que tu abuela nació en Argentina?

—Ah, mi abuela, sí. No sabes qué personaje, me contó que cuando era joven se ganaba la vida bailando tango.

Otra vez sentí el peso de las emociones sobre el corazón, que comenzó a golpear como uno de esos pistones que tenían las viejas máquinas de los barcos de La Carrera que iban a Colonia.

–¡Qué maravilla! ¿Y cuándo se vino a México?

–No sé bien cuándo, pero... –miraba el techo como buscando la respuesta– mi madre tendría ahora como setenta, creo. Sí, hace como setenta años.

Respiré profundo, apoyé un codo en la mesa y la frente en mi mano. Miré hacia ningún lado, como cuando uno intenta buscar algo que decir, o mejor dicho con qué palabras decirlo. Sentí los ojos húmedos. Pensé en la distancia, en el paso del tiempo, en la posibilidad de que dos personas puedan conocerse. Dicen que hacen falta cinco o siete personas para que los caminos de dos personas puedan cruzarse. Seguía sin saber qué decir. Pensaba en los motivos que me llevaron hasta ese lugar, a esa hora, en el libro que pensé que venía a buscar.

–Te voy a contar una historia.

Celina me miró con curiosidad, sorprendida quizás por mi repentino deseo de hablar.

–Es una historia de la que supe hace un tiempo, y creí que sabía el final. Hace unos años fui a Buenos Aires por unos pocos días. Y una tarde que ojeaba un periódico de esos en los que la gente anuncia cosas usadas para vender, vi el aviso de un bandoneón. Yo tenía entonces un Premier, un bandoneón muy lindo, nacarado. Pero este que vendían era un Doble A. Para algunas personas, es el mejor bandoneón que se haya fabricado.

–Vamos a verlo –me dijo mi hermana Lucy– es cerca de aquí, en la calle Paso. Llamé al número que estaba en el anuncio, y me dijeron que sí, que no había problema en ir a verlo. Busqué el dinero, y salimos los dos a buscar un taxi.

–¿Y lo compraste?

–Sí, y todavía lo tengo. Pero te quiero contar algo increíble. Es decir, la historia no es increíble, sino el poder contártela aquí, tan lejos de donde sucedió.

Y otra vez me quedé un rato en silencio, hasta que la emoción me permitió hablar así:

–El bandoneón había sido de un hombre llamado Antonio. Su sobrino fue quien me lo vendió. Me contó un poco de la historia de su tío, que tocaba en una orquesta, y que murió se podría decir que de amor. Unos días después, abrí el bandoneón, Mi intención era limpiarlo, pero en realidad quería mirarlo por adentro. Siempre me ha sonado a misterio el acto de abrir algo tan viejo, como si fuera una caja o un baúl en el que alguien ha guardado cosas muy íntimas.

Yo hablaba despacio, Celina escuchaba, y yo dejé de escuchar las voces de la gente a nuestro alrededor, y no había más librería ni libros. Sólo nosotros y esa historia que traía nombres del pasado. Yo sentía la gravedad de lo que estaba por decir. Y hablé.

–Dentro del bandoneón, encontré una carta de amor muy triste, una carta de despedida.

–¿Una carta? No entiendo.

–Era la carta de una mujer que estaba enamorada de Antonio. Y le decía adiós, porque el de ellos, era un amor imposible.

–¡Qué hermosa historia! Y qué triste… me imagino cómo te habrá llegado.

Hay momentos en los que uno trata de medir el riesgo que pueda ocasionar lo que va a decir. Pensé que podría haber terminado allí la historia, pero el corazón decidió que tenía que seguir.

–Esa carta la firmaba una mujer llamada Celina Ruiz, que era una bailarina de tango.

Celina se echó para atrás hasta encontrar el respaldo del sillón, y noté cómo todo su cuerpo se aflojaba. Sus ojos se habían humedecido, y no encontraba qué decir. Tal vez no había que decir nada. Le alcancé el vaso con agua, y la bebió. Los dos nos quedamos un rato en silencio. Ella mirando para un costado, y yo que la miraba a ella. Por fin, cuando volvió a mirarme, le dije:

–Algunas historias no terminan donde a uno le parece, sino que continúan. Mirá hasta dónde llegué yo para conocerte. Y pensar que entré a esta librería buscando algo que me hiciera sentir más cerca del Sur dije –con los ojos mirando lejos.

–¿Y lo encontraste?

La miré un rato en silencio y le dije:

–Te encontré a ti.

Sin decir más nos levantamos, bajamos las escaleras y salimos del lugar. Ya en la calle, le ofrecí mi mano, y ella aceptó. Nos fuimos caminando sin prisa por la avenida Quevedo.

Atrás quedaba la librería, las distancias, y las tristezas.

Adelante, todo lo que falta vivir.

Otra sencillez

Hace poco comentábamos de lo largas que parecen las horas cuando nos extrañamos, de lo rápido que pasan las horas cuando estamos juntos. Y es verdad, a uno le parece que las agujas del reloj ajustaran su ritmo a nuestros estados de ánimo, y éstos a su vez tan dependientes de otra medida, la de la distancia, ese monstruo que los dos nos empeñamos en derrotar y a hasta ignorar, cuando sentimos que no podemos con él.

El domingo por la tarde sucedió algo. Estaba nublado, y los ventanales grises nos mantenían a resguardo de una probable lluvia, aunque parecían ineficientes para protegernos de la tristeza. Decidimos abrazarnos, y aunque no lo percibí entonces, me llevaste poco a poco a una para mí desconocida dimensión que no sé si relacionar a las medidas del tiempo, o a la intensidad de los sentimientos.

Tú leías *Tristana* recostada en el sillón del estudio, mientras yo me empeñaba en acompañarte desde una silla para no molestar o interrumpir tu lectura. Sentí cierta pesadumbre por el paso del tiempo y esa tristeza gris pegada a la cara externa del vidrio, que golpeaba y pedía entrar. Entonces me levanté de la silla y caminé hacia ti. Te pedí con un gesto que me dejaras espacio en el sillón, Recibiste mi pedido con una sonrisa de aceptación, y te arrimaste al respaldo. Yo me recosté a tu lado y puse mi brazo derecho por debajo de tu cabeza.

Me quedé quieto por algunos minutos, en un intento de prolongar el equilibrio de aquellos momentos. Una paz armada con la ayuda del silencio y lo que sentía, comenzó poco a poco a adueñarse de mí. Acaricié con ternura la suavidad de tu cuello, y me gustó ver tu pecho subir y bajar bajo la tela fina de tu blusa. Al sentir mi mano en tu piel, te juntaste más a mí, como si reclamaras en mi costado el hueco destinado para ti desde el principio de los tiempos.

Acerqué mi cara para pedirte un beso. Entonces tus ojos que leían en el libro, se encontraron con los míos, y me regalaste la ternura de tu mirada, todavía la recuerdo. Luego los entrecerraste y tus labios se posaron en los míos. No sé cuánto tiempo duró aquél beso, ni si fue uno o muchos. Lo que no es posible olvidar, es el sentimiento de pertenencia con que me invadiste.

En noches sin estrellas como la de hoy, cuando se hace más difícil soñar y la soledad golpea sin compasión, busco recuperar mi esperanza con la ayuda de los recuerdos de aquella tarde. Y aunque sé que estas noches no serán para siempre, se me hace difícil sonreír. Si aunque sea el cielo me permitiera ver alguna estrella –Pienso para mí.

Hace un tiempo creía que ya no sería posible volver a vivir del amor, y que la maravillosa sencillez no se repetiría en mi corazón. Pero tú me has enseñado nuevos caminos, formas de amar que yo no conocía ni sospechaba que pudieran existir. Y tal vez sea verdad que los amores anteriores me hayan enseñado, pero por sobre todo han servido para que pueda entender el valor de lo que hoy tengo en ti. Le has dado a mi vida y a mis sueños una nueva dimensión; el corazón ha vuelto a sentirse vivo.

Los amigos me preguntan que cómo lo he logrado, se maravillan de la suerte que ha sido encontrarte. Yo no puedo atribuirme nada de lo que ellos dicen, sé que no ha sido por mí que esto existe. Por el contrario, en un principio yo me alejé de ti pensando que no era nuestro tiempo, e intenté otros amores. Y el destino volvió a acercarnos y tuvimos el valor de conocernos.

No puedo decir si en el comienzo fue tu sonrisa o tu mirada, o tus manos o tus silencios tan llenos de emoción los que me cautivaron. Si hoy me preguntaran, lo podría responder, porque ya lo entiendo. Estoy enamorado de tu sencillez, esa que pones en cada uno de tus gestos, esa con la que te entregas, la que me haces sentir cuando estamos juntos.

Te extraño. Mi vida te reclama junto a mí. Todo lo que me has dado en tu amor, lo necesito más que cualquier cielo. Y aunque bien sé que eres mía, quiero sentirte conmigo cada noche cuando duermo y cada mañana al despertar. No sé cuánto tiempo más deberemos estar alejados, pero yo sigo soñando con tu amor, con ese que sentí crecer enorme dentro de mí, aquella tarde nublada en que tú leías en el sillón y yo me acerqué a tu lado y te besé.

Me consuela creer que en un tiempo no muy lejano, recordaré esta noche sin estrellas y sin ti, y ya no seré un hombre triste porque estaremos juntos. Tal vez sea en un lugar cerca del mar, o en tu barrio, que siempre imagino poblado de buganvillas y gente alegre y de buen modo. Tal vez sea en esta casa que hoy siento tan grande y que va quedando vacía, o en otra casa de otro barrio que yo invente para poder sentirlo mi rincón en el mundo.

No importa el lugar, tan sólo que seas tú la que está allí. Yo llevaré el corazón y mis recuerdos, las pocas cosas que han quedado de mi historia, algunas fotografías de mi gente amada, y el inmenso deseo de este amor.

No, no tengo miedo. No podría tenerlo. Eso era antes de ti, cuando no encontraba el sentido de estar en el camino. Después de tantos años y distancias, después de tanto adiós y cuando ya comprendo que los sueños del regreso no se cumplen, siento por primera vez que el ir hacia ti, es mi camino de regreso. Es encontrar aquella casa que desde que era un pibe dibujé en mis cuadernos de clase y después en los de mis sueños. Una casa sencilla, con flores que sonríen y árboles de sombra fresca; ventanas pequeñas por las que entra la luz, y una puerta que al abrirse me devuelve la alegría de saber que estás allí, que siempre has estado esperándome. Tú me ves y sonríes, y como aquella tarde nublada en el sillón mientras leías, yo me acerco a ti, nos abrazamos, y nos perdemos para siempre en la maravillosa sencillez de nuestro amor.

El nombre

Hace un tiempo escribí un relato al que puse el nombre "Abriendo y cerrando". Qué torpeza –pensará el lector–, usar dos gerundios juntos como título. Sí, en realidad es una torpeza, pero una vez elegido, no lo quise cambiar. *Abriendo* y *cerrando* son palabras que se usan en la notación musical del bandoneón, y le indican al músico cómo debe ser tocado el instrumento en cada conjunto de compases.

Es una historia de amor, o tal vez de desamor. Una historia matizada de grises y sepias que aportaron fotografías viejas, un instrumento que sin quererlo se convirtió en el guardián de un tristísimo secreto tan envejecido como el instrumento mismo, y el amor de un hombre y una mujer, que quedó trunco.

Cuando llegó el tiempo de elegir los nombres de los personajes, quise que fueran significativos o que al menos así me lo parecieran. Para el hombre elegí Antonio, un nombre que identifico con sencillez y calma. Para la mujer quise algo diáfano, angelical, que con tan solo pronunciarlo insinuara delicadeza; elegí Celina. Hasta entonces no conocía a ninguna mujer llamada así. Escribí el relato, y me gustó, quedé conforme con él, me pareció que tenía algo de mágico.

Unos meses más tarde conocí a Celina, no la del relato, o no lo sé. Era tal como yo había imaginado al personaje de mi historia de amor. Pasó el tiempo y algunos accidentes, y la vida quiso ponernos frente a frente en una ciudad que no era ni la de ella ni la mía. En aquellos dos días que estuvimos juntos, cada uno hizo desfilar las cosas más importantes de su vida y su forma de ver el mundo; la atracción fue mutua e incontenible. Desde entonces ya nada fue igual para ninguno, el tiempo se convirtió en la espera para vernos y querernos; poblamos los aeropuertos, y aprendimos a flotar con el pensamiento, y el tiempo nos pareció siempre insuficiente para estar juntos; no dejamos de escribirnos cartas de amor ni de decirnos cuán grande y hermoso es lo que sentimos.

Celina me dijo una vez que le hubiera gustado ser la inspiradora de un monólogo que escribí antes de conocerla llamado Nocturno, y que se refería a un amor imposible con una mujer casada. Y no, aquél relato triste no me lo inspiró ella, y qué bueno que haya sido así, me gusta pensar que nuestro amor no fue motivo de que otros amores se terminaran.

Con respecto al relato *Abriendo y cerrando*, me resultó curioso que el nombre de Celina hubiera aparecido en mi vida un poco antes de conocer a esta mujer maravillosa. Y me pesó el haber escrito una historia de amor en la que Celina la protagonista, se despide de su amor de una forma tan determinante que hasta insinúa su misma muerte. Escribí entonces un relato que llamé *La otra Celina*, en el que el personaje se encuentra de manera fortuita con una mujer que resulta ser la nieta de aquella Celina de *Abriendo y cerrando*. No sé si es algo creíble o si el relato logra transmitir alguna emoción. Para mí no tiene otro motivo que el de darle vida a esta otra Celina que tengo frente a mí, a quien tanto amo.

Y si bien cada escrito lleva un poco de lo que es esta mujer, su dulzura, el encanto de sus caricias, esa forma de amar que solamente he conocido en ella, no hay nada que haga justicia de todo lo que siento por ella. Quiero escribir algo que hable de la belleza de Celina, de la grandeza de cada uno de sus gestos de amor. Ella se ha convertido en la razón de mi vida, y sé que no hay relato que pueda decir todo lo que significa para mí.

Adoro su nombre, y siento que ese nombre llegó hasta mí antes de conocerla; tal vez como un presagio, para que yo supiera que el verdadero amor de mi vida iba a llamarse Celina. Y así fue.

La receta

A ver, ¿le pongo dos o tres cebollas? Creo que tres estarán bien. No son tan grandes. Las corto así a lo largo, finitas, como me dijo Marthita. Porque así sale más jugoso. Me acuerdo que aquella vez que le agregué un pimiento morrón rojo le dio un saber especial, como dulce, pero no tanto como si fuera con pasas de uva. Tres huevos duros, aceitunas verdes, un poco de aceite de oliva, orégano, pimienta blanca y sal, y un poquito de caldo de carne. Y ojalá me quede bueno, aquella vez que me salió tan bien los chicos me llamaron desde el trabajo para decirme que fue el mejor que les había hecho. Claro, ninguno de ellos vendrá a comer conmigo. Mauro siempre con sus dietas, Martin con sus apuros de gimnasios y fútbol, ni siquiera Francisco que sigue enojado conmigo desde hace tres semanas. Y unas ocho papas para hacer puré, si, ocho papas estarán bien me imagino, lo voy a hacer en la *pyrex* grande, así tengo para dos o tres días. Voy a terminar harto de tanto comer pastel de carne. Me pregunto si a ella le gustará, me dijo que no le gustan las verduras, ninguna, ni siquiera las papas, y menos en puré. Qué extraño. Que no te guste ninguna verdura. Yo no soy muy amante de las verduras, especialmente las hervidas, pero el puré con un poco de manteca, sal y queso rallado no queda nada mal. Pero si no le gusta no le gusta, hay que respetar los gustos. Aunque para qué ocultarlo, cómo me gustaría que estuviera aquí conmigo. Porque esto de cocinar para mí me resulta un poco aburrido, en realidad sin ella, todo me resulta aburrido. A veces me pregunto si no debería ser más distante, o al menos intentar no querer estar todo el tiempo con ella. Esto de conocernos cada día más, ¿será sano? Me acuerdo de aquél escrito de Felisberto Hernández, cuando ella le pregunta ¿En qué piensas? Y él le dice no te puedo decir. ¿Y por qué? Porque si te digo todo lo que pienso, algún día me vas a conocer tan bien que te aburrirás de mí. ¿Será verdad? No sé. Me gustaría no creerlo, es decir, quiero creer que es bueno que me conozca a fondo, porque sí, uno siempre cree que lo que hay dentro es bueno, que no hay problema que lo conozcan a uno hasta lo profundo. Pero ¿si hubiera algo que me parece bueno y en realidad a ella no le parece tan bueno? ¿Será que es mejor no mostrarlo? ¿Y cómo hago?, si no sé qué es bueno o malo en mí, es decir, no sé de lo mío qué será que le gusta más o tal vez no le guste tanto... Y bueno, si ni yo mismo lo sé, ¿será que lo podré advertir? Por ahora, lo que no me gusta de mí es esto de extrañarla tanto, pero en realidad no es que no me guste extrañarla, eso de extrañar es bueno, si uno lo ve como la necesidad o el deseo de estar con la persona que se extraña. Y si no la extrañara, pienso que es malo, porque es que no quiero estar con ella, que prefiero estar solo. No, en realidad esto de estar solo es lo que me molesta, nunca la paso bien estando solo. Bueno, tal vez cuando era joven y salía solo en el *Blue Nose*, y qué placer escuchar y sentir el viento en la vela, y el casco golpeando el agua marrón de aquel río que ha quedado tan lejos en el tiempo y la geografía. Ya están las cebollas, les tiro la carne y apago la hornalla, ahora, el caldo de carne y lo revuelvo hasta que todo esté mezclado y sin grumos. Y ella, ¿será que también me extraña? ¿Y que se hace estas preguntas que me hago yo? Hace un rato trataba de entender por qué me gustan tanto sus besos, si en realidad no son de esos besos salvajes que a uno lo dejan de cama. No, sus besos son de esos que se dan con tiempo, sin apuro, no son grandes besos de esos en los que uno siente que se lo van a tragar, no sus besos son besos suaves como planeados, como si fueran creciendo, de esos que dejan que los labios jueguen despacio con los de uno, y que siempre están húmedos, y parece que acariciaran, que me dibujaran la boca otra vez, como si no existiera y fueran sus labios los que la definen en mi cara. Cómo explicar sus besos, sería tan difícil como intentar explicar la diferencia que hizo en aquel pastel de carne el que decidiera agregar el pimiento cortado en pedacitos, así como lo puse ahora, lo agregué a la cebolla en el aceite caliente, y que se mezclen los sabores. Así como en los besos, que se mezclan los sabores, y juntos forman un nuevo sabor único, ni mejor ni peor que otros, simplemente un sabor nuevo, así como el amor, que es único con cada persona. Claro, hay amores que nos hacen sufrir, y otros que no, que son para disfrutar. Como éste, que de tanto y tanto que lo disfruté desde el principio, un día me animé y le dije lo que me había insinuado que no estaba en la lista de cosas en que ella creía. Sí, me animé y se lo dije, le dije que quiero amarla siempre, estar con ella para siempre. Y ella que venía de un montón de fracasos y desilusiones, me dijo que ella también, que este amor es para vivirlo para siempre, y yo fui ese día y desde entonces, el hombre más feliz, más satisfecho, porque esto de encontrar un amor para siempre no es algo que a uno le pasa todos los días. A mí al menos me llevó una pila de años, y eso que nunca me quedé quieto, nunca tuve miedo, ¡pero me metí en cada problema! Y ahora no, ahora todo fluye bien, como una lectura de Haroldo Conti, una de esas que hablan de las cosas simples y complejas, pero lo hace todo con tanta naturalidad, con tanta sencillez, que a uno nada le parece muy grave, más bien al contrario, siente que todo cae en su lugar. Así como ese saborcito del pimiento rojo, que en realidad no es nada del otro mundo, seguramente para una persona que sabe de cocina y de sabores, debe ser algo tan lógico como el sabor de la sal. Y sí, yo creo que voy entendiendo esto de los sabores y el gusto. Siempre han estado en el mundo, el arte es saber combinarlos, cada uno en su medida y a su debido tiempo. Y este pastel ya va tomando su forma, y pienso en lo que era hace un rato, algunas papas y cebollas, los condimentos, la carne, la masa, la cacerola, la *pyrex* y la cuchara de madera, las aceitunas, el pimiento y la mantequilla. Y mis manos, claro, y algunos de los secretos que me dejó la vieja en aquel papelito escrito a mano, el de la receta de las empanadas, con el detallito de la media taza de caldo de carne, para que el relleno quede jugoso. Y las ganas, sí, las ganas hacen el resto, sin eso el pastel no podría existir. Y no sé, creo que también las ganas de amar, son las que juntan todos los ingredientes de lo que es ella y lo que soy yo. Y juntos con las caricias, los besos, las sonrisas, y el deseo inmenso de desterrar la soledad. Claro, y aquella palabrita que me dijo el tío Tolo, cuando se me ocurrió preguntarle cuál es el secreto de la felicidad. Porque cuando me di cuenta de que quería que este amor durara para siempre, quise preguntarle a los pocos expertos que me quedan en la familia, es decir, creo que el único que me queda es el Tolo, que lleva más de cincuenta años con su mujer, y todavía la persigue por los pasillos para meterle un beso en la oscuridad de algún rincón de la casa. Me acuerdo cuando yo era más joven que ahora, mucho más joven, y el Tolo había venido a pasar unos días a casa de su hermana, mi madre. Y una mañana en que todavía la casa estaba a oscuras, cuando la gente va al baño entre dormida y caminando de memoria, yo me desperté sobresaltado por el grito de mi madre, y era que su hermano la había confundido con su mujer y la había abrazado por atrás y le puso las manos en las tetas y un beso en el cuello. Y mi madre, viuda desde hacía más de veinte años, no solo se asustó como nunca, sino que se horrorizó de pensar que su hermano fuera un depravado. Y luego las disculpas por la confusión y las risas, y todo fue un buen recuerdo. Sí, qué mago el tío, éste tiene la fórmula pensé, y entonces fue que le pregunté, le dije que estaba frente a una mujer que valía la pena como nunca antes nadie había valido la pena. Y que cansado de errar e improvisar, quería que esta vez, todo fuera por el camino que lleva a la felicidad. Y el Tolo que no sé, lo debo haber pescado de sorpresa con una pregunta así, o será que yo me esperaba un discurso o una lista de consejos, porque el Tolo de viejo se ha puesto con eso de rezar y *que la virgen te proteja*, y como te digo, esperaba una receta con una serie de puntos a seguir. Y no fue así, me dijo que la fórmula que a él le sirvió fue la del respeto, la de aceptar a la mujer amada tal como es, no intentar cambiarla en nada. Y que ella haga lo mismo con uno: respeto... Mirá el Tolo, yo que al principio pensé que no me quería dar la fórmula, y es que esperaba la lista como te digo, y esa palabrita tan sencilla, le llevo seguramente su tiempo poder resumirlo en algo tan simple de recordar, algo que yo pudiera llevar a todos lados, practicarlo siempre. Tan solo eso le hizo a él la diferencia. Y sí, me imagino que debe ser así, como lo de agregar el pimiento rojo en la mezcla de las empanadas que hoy van a ser pastel de carne, tan sencillo que parece, y hace la diferencia entre hacer un pastel cualquiera, comible, olvidable, o el mejor pastel del mundo, uno de esos que hacen que los chicos terminen de comerlo, y corran al teléfono para llamarme y decirme "Viejo, nunca en mi vida comí un pastel más rico que el que hiciste hoy". Y ya casi está listo, ojalá me salga bien. No tengo con quien compartirlo, me gustaría compartirlo con vos, aunque no te gusten las verduras o las papas. Todo junto, todo mezclado así, sale diferente, con una mezcla de sabores que cuando se juntan logran algo único. Y así como los chicos, uno de estos días quisiera llamarlo al Tolo y decirle "¡Tío, gracias por el consejo del respeto. Lo agregamos a la receta, y no lo vas a creer, pero estamos viviendo el mejor de los amores, uno grande como el tuyo, uno que va a durar para siempre!".

Amor pájaro

Hoy no la vi pasar, ayer tampoco. Bah, sí, ayer la vi. Pasó en su auto azul, parecía apurada. Me quedé mirando como se alejaba, y al doblar en la esquina, se esfumó el ruido de los neumáticos contra los adoquines de la calle, y también esa alegría repentina que me viene cuando la veo. Ya no puedo vivir así, tengo que inventar una excusa para acercarme a ella, no sé, preguntarle algo que no sea comprometedor, tal vez preguntarle por el nombre de su jardinero, decirle que quisiera una buganvilla como la que tiene en su casa, esa que cubre el muro exterior. No, eso es una cobardía, además, me va a decir que no sabe el nombre o que no se acuerda, que viene los miércoles, que si lo veo que le pregunte yo. No, eso no. Tal vez le hago un comentario sobre su auto, que si le ha resultado bueno, que si le gusta el andar, que cuántos kilómetros tiene, que si lo vende, que lo quisiera comprar. No eso tampoco, si me dice que sí, que lo vende, yo qué hago, si no tengo ni para ponerle gasolina. No eso es muy infantil. Tengo que decirle la verdad, que ese auto no le queda bien, que se ve mucho más linda cuando pasa caminando. Esas piernas tan bellas merecen ser lucidas, el mundo las requiere, Yo las requiero. ¡Ay! Qué daría yo por poder recorrer esas piernas con mis manos, llegar hasta su nacimiento. ¡Hermosa! Desde aquella tarde que te vi en el Bazar del Sábado no puedo conciliar el sueño. Ibas como si no estuvieras, como si el alma no fuera con vos, o que flotara por encima de ti. Tan ajena a todo y tan presente a la vez. Siempre la sonrisa lista para regalársela a algún vendedor, especialmente si era un niño. Te vi quedarte como quince minutos eligiendo unos palillos para botanitas, tenían unos pajaritos pintados, y el niño te miraba extasiado, y yo también, pasé a tu lado una y otra vez, no podía controlarme. Hasta rocé la tela de tu vestido, tú no te diste cuenta, No me importó, tan solo quería pasar a tu lado, escuchar tu voz, oler tu perfume, acariciar tu ropa como en un descuido. Tus pies apenas cubiertos por las sandalias, y un vestido de lino color crudo, un poco por debajo de la rodilla, y esas aberturas a los costados que me regalaron la maravilla de tus piernas. Yo pasé diez veces, sí; y diez veces se quedó mi alma abrazada a ti, me tiré a tus pies, te supliqué que me miraras, que me dijeras tu nombre, que me regalaras una sonrisa, que pudieras fijarte en mí. Tus ojos, aunque sea dame una mirada, mira estos ojos míos, tan desesperados, tan huérfanos de ti. Déjame creer que sabes que existo, y que mi vida tenga una razón.

Pagaste, el niño puso los pajaritos en una bolsita que tú tomaste con suavidad, y desapareció dentro de tu bolso de cuero. Y yo en ese mismo momento quise ser un pajarillo de esos que se metían en tu bolsa, y que luego en tu casa quedarían sobre algún mueble. Y con ellos yo podría desde ese lugar verte pasar, esperar a que un día tu mano me acariciara. Y seguiste flotando, no sé si caminabas, las piernas se movían y los pies estaban en las sandalias, y yo acostumbrado a ver que no tocabas el suelo. Caminé detrás de ti a poca distancia, tú no me veías, y yo ya no era parte del Bazar del Sábado, ni de San Ángel, ni de esta tierra. Ya no importaba mi nombre ni tampoco mi casa, ni adónde iba, ni de dónde venía. Mi vida en ese momento era caminar detrás de ti, esperar a ser tocado por de tu mirada. Comenzó a llover y los dos corrimos a buscar refugio. Allí bajo el alero de la entrada nos detuvimos, y yo me quedé junto a ti, no te tocaba, pero tu vestido me rozó, y todo mi cuerpo sintió un cosquilleo. Giraste hacia mí y tu sonrisa hizo el resto. Te amo, vas a creer que estoy loco, tal vez lo esté, ni te conozco, en realidad sí, te conozco desde hace un rato, te vi comprando los pajaritos, son hermosos, no tanto como tú. Tú sí que eres hermosa, perdón, me llamo Jorge, estoy un poco confundido, vas a pensar que he perdido la razón, pero no sé, te amo, tengo que decírtelo, siento que este no sea el mejor lugar para que te enteres de que existo y que vivo por ti. Yo no lo sabía, hasta hace un rato en aquella esquina, cuando elegías los pajaritos, allí me di cuenta. En realidad no es como si no te conociera, ya sé que no es mucho tiempo, pero tampoco es tan así de repente, como si estuviera tan loco. Dijiste algo sobre la lluvia. Si, hoy anunciaron que iba a llover, es que el tiempo está muy raro, en realidad no es fácil ser meteorólogo estos días, todo el aire está enrarecido, tal vez sean las buganvillas, qué lindas las buganvillas de tu calle, y las de tu casa, y tú. Se lo tendría que haber dicho, por qué no me animé a hablarle, bueno sí, que le hablé, pero de la lluvia y de los meteorólogos, qué me importan a mí los meteorólogos, ¡Te amo! ¡Te amo! Gritaba por dentro, y mira lo que vengo a decir, que la lluvia y las buganvillas. Si podría haberte hablado de tus piernas, y de tus manos, de tu sonrisa y de tus ojos. Cómo me latía el corazón, y tú tan tranquila, flotadora por San Ángel, mientras los demás apenas podíamos caminar. Deseé que esa lluvia no terminara nunca de caer, y a medida que más gente intentaba cobijarse, tú y yo más cerca uno del otro. Y vi tu pecho subir y bajar al compás de tu respiración, y quise ser tu vestido o mejor dicho tu *brassier*, que para pedir hay que pedir por demás, ¿verdad? Mi corazón latió más fuerte y sentí dificultad en respirar. Tú intentabas proteger tu bolso para que los pajaritos no se asfixiaran y yo quería morirme en tu abrazo como si fuera bolso, que me protegieras, que me reclamaras tuyo. Si al fin de cuentas yo había nacido para ti, me pregunté si tú lo sabrías, si tú sentirías lo mismo que yo. Tal vez sí, pero no quedaba bien que te arrojaras en mis brazos, al fin de cuentas ni sabías mi nombre, ¡Jorge, Jorge, me llamo Jorge! Quise gritar. ¿Y tu nombre? ¿Qué nombre te pongo? ¿Ángel? ¿Sueño? ¿Paz? ¿Atardecer? ¿Lluvia? ¿Nube? ¿Cielo? Cielo, si, eres el cielo, estar contigo es estar en el cielo, eres parte de él, por eso es que no pisas la tierra. ¡Celina! Dije. ¿Cómo sabes mi nombre, te conozco? Bueno, si y no, yo te conozco a ti pero no sé si tú me recuerdes. Vivo cerca de tu casa, a un par de casas, esa casa que es amarilla. ¿La casa amarilla? Pero si esa casa es mía, y está vacía. ¿Quién eres? ¡No te asustes! No sé qué hago aquí, no sé cómo llegué. Estaba en mi casa escribiendo un cuento, no sé... lo intentaba. Escribía y pensaba en ti, es decir, pensaba en el amor, en la mujer que quiero, es como tú. Cuando te vi creí que soñando. Y debe ser sueño, pero mira, aquí estoy. ¿Y qué escribías? – me preguntó. Una carta de amor. Quería que supieras lo que siento. Pero no sabía explicarlo, no encontraba las palabras, era un deseo inmenso de estar contigo, una necesidad de que me abrazaras, de que me hicieras sentir querido. Y todo esto en el corazón, ¿cómo se pone en palabras? Qué duro es estar lejos, es como caminar en la oscuridad, no hay colores, no amanece ni se ve caer el sol, no hay horas ni pájaros, todo pierde el sentido si no estoy junto a ti.

Tomaste mi mano y caminamos por la Cerrada de Frontera hacia la casa amarilla, y casi al llegar me abrazaste y me besaste. En ese momento sentí que me hacía cada vez más pequeño, y entre tus manos me llevaste hasta tu pecho y me hiciste parte de tu corazón. Luego tomaste los pajarillos de tu bolso, y a todos juntos en tus manos los besaste, y las abriste. Luego tu boca sopló un viento suave que los convirtió a todos en besos que se fueron volando muy lejos, al encuentro del amado.

El baúl

Crecí en una familia que siempre partía. En un principio, por la actividad de mi padre, no estábamos en un mismo lugar más de dos años, a lo sumo tres. Recuerdo toda la actividad previa a la partida. Embalar los muebles, recortando papeles de diario en tiritas largas para envolver cada uno de los delgados barrotes de aquellas sillas blancas de metal de un juego de jardín, que mi madre se empeñaba en seguir transportando de un lugar a otro. Creo que aún están en la casa de mi hermano Pablo. Las valijas de cuero o de cartón, algunas de ellas con etiquetas de hoteles europeos, testigos de los viajes y lugares en los que estuvimos, aquella otra maleta de tela a cuadros verde y negra, valijas para avión les llamaban, las cajas de sombreros que en su interior llevaban el pesebre que armábamos cada navidad, el arbolito y las bolas de vidrios de colores, que tanto nos gustaba desenvolver en cada mes de diciembre, los baúles de gastados colores, azules, verdes, marrones, poco a poco se iban llenando con los adornos de la casa, nuestra ropa, los juguetes. La vida era hermosa, estaba en cualquier lugar, el camino se abría adelante una vez más. Los años pasaron rápido, mi padre murió, y la familia se quedó quieta.

Los baúles fueron desapareciendo, no puedo recordar cual habrá sido el destino de esos pequeños gigantes llenos de remaches de bronce, tanques de guerra sin orugas que con su fortaleza lograron que nuestros juguetes fueran de un lugar a otro sin romperse, lo mismo que nuestro arbolito de navidad, y los adornos de porcelana que mi madre llevaba de un lugar a otro, para hacer de este nuevo territorio nuestro hogar.

Años después, llegó mi momento de viajar. Al principio pensé que era por poco tiempo, y desde ya hace he aceptado que el viaje es para siempre. Y acostumbrado a esta vida de cambios, intento mantenerme liviano de equipaje. Aunque hay cosas que he querido conservar: libros, fotografías, algo que fue de mis abuelos y de mi madre, pequeños testimonios de aquellos primeros años, cuando vivía junto a personas que sabían quién era.

Hace un tiempo, en una casa de muebles usados, vi un baúl pequeño. Sin remaches ni colores como los que tenían los baúles de mi infancia. Este era color madera, muy golpeado y austero. Lo compré entonces, pensando en usarlo como un objeto de adorno en mi casa. Poco a poco lo he comenzado a llenar de los objetos más queridos.

Si algo dentro de mí dice que se acerca el momento de partir, miro las paredes de mi casa, los cuadros de la gente que amo, de los lugares que mi corazón sigue reclamando, y elijo algo de lo más querido, las cartas y algún objeto antiguo. Entonces abro el baúl, a quien he nombrado mi compañero de viaje, y en él le hago lugar a lo que quiero llevar conmigo.

En él está mi viejo bandoneón Doble A, que sigue esperándome con sus músicas antiguas. El corazón no está fuerte, me pondría tan triste de escucharlo. Y todas estas fotografías, las de mis abuelos allá en un faro del sur, con su gesto serio causado por una tristeza que hoy adivino, producto de la soledad y la distancia. Y mis otros abuelos, los eternos enamorados, aquellos que vivieron la vida de la mano, que no supieron lo que era estar separados, y que cuando mi abuela Martha murió, entonces el abuelo se convirtió en una sombra de lo que era, y se murió unos años después. Y la foto de mi padre, tan joven y tan serio que decidió morirse y se murió, y la de mi madre que quedó tan sola, y que guardó su tristeza para sus momentos de soledad, porque que se esforzó en seguir sonriendo a los hijos, para que creciéramos sin la tristeza del suicidio que nos dejó mi padre en su partida, y que a todos nos hizo morir un poco. Y mis recuerdos de barcos y viajes, y mis amores, y mis hijos y mis sueños de familia, y mis perros que crecieron rápido y se hicieron viejos, y que nos acompañaron a todos y cada uno de nosotros. Y la soledad, la tristeza, y el amor, y la soledad otra vez. Todos esos pequeños pedazos de vida, cada uno de ellos con su intento de eternidad, o tal vez estas ganas del hombre de perpetuar la felicidad, esa insistencia de creer que es para siempre.

Parece que todo estuviera aquí y ahora, y tal vez sea así, porque todas las historias son una sola, toda esta gente está en mí de alguna forma, sus sueños, sus vidas, su recuerdo. Todos nacen, viven y mueren, y yo aquí los traigo a la vida, soy tan solo una parte de todo lo que ellos fueron, y ellos son una parte de mí.

También yo algún día seré tan solo una fotografía, o una carta, o un par de botas viejas que alguien encuentra en este baúl o tal vez otro,

Recuerdo que hace tiempo tuve un baúl que alguna vez habrá sido una sombrerera de mi madre o tal vez de mi abuela. En mis años de juventud lo pinté de azul brillante por fuera, y puse en sus entrañas un tocadiscos *Winco*, y en la tapa, también por el lado de adentro, un parlante de radio que encontré entre las cosas viejas de mi abuelo. El baúl se quedó con aquella novia de mis veinte años, me gusta pensar que ella todavía lo tiene, y que lo usa para guardar partes de su vida. Me da por pensar que los baúles guardan historias, muchas de ellas viejísimas, anteriores a nosotros.

Anoche me pregunté sobre qué cosas debería yo guardar en mi baúl. Porque si después de mi tiempo alguien lo encuentra y lo abre, pueda entonces saber quién fui, qué cosas me pusieron triste y marcaron mi vida, cuales fueron mis sueños, los que pude realizar, y los que se quedaron sin cumplir. Buscaba una foto, entre las pocas que siguen conmigo, desde aquel pasado que está tan lejos, allá en el Sur; las sacaba de las cajas, las miraba y acomodaba en un intento de orden cronológico.

En un momento me quedo inmóvil, como cuando uno siente que está por suceder o descubrirse algo importante. Mis ojos en las fotos que están en el suelo: Los bisabuelos y los abuelos, mis padres y mis hermanos, mis hijos y las mujeres, las que amé y la que amo. Todo está ahí, mi vida, mis seres queridos, los caminos que se quedaron atrás, los recuerdos. Todo parece que hubiera transcurrido en un día, que ayer era un niño, y mañana tal vez el último día de mi vida. Tal vez el Tiempo no es más que un juego de nuestros sentimientos.

Y visto así, pienso que todo puede meterse en el baúl, toda mi vida, allí al lado del Doble A. Porque puedo guardar estas fotos, mis cartas de amor, los relatos e intentos de escritura, los viajes y los sueños. Mis relojes rotos, los que desde mi muñeca marcaron los tiempos felices y los no tanto, y un par de botitas de gamuza usadas, con las que caminé por algún tiempo; los dibujos de las mujeres que posaron desnudas para mí, una lista de cosas que deseaba hacer, y tal vez una carta para los que amé y ya no están. Los libros que más me gustaron, y quizás una especie de testamento en el que enumere lo que aprendí y que sí valió la pena, algo que pueda servirle a alguien.

¿Qué más? Me pregunto. ¿Qué otra cosa guardo en mi baúl de viaje? Y entonces pienso en que de alguna forma, todos estamos en un viaje, porque lo de ir de un lugar a otro es puro accidente, solo un detalle. la vida misma es el viaje, y cada uno es el personaje de la historia que se va escribiendo como se pueda. Y otros personajes se cruzan con nosotros en el viaje, nuestros padres, el amor, los hijos, los amigos. Y el rumbo es el mismo para todos, y el final incierto, si será de soledad o no, de tristeza o no, de vacío o no.

Guardo todo en el baúl, y también estas páginas que hace un rato estaban vacías y ahora son el principio de mi historia del baúl. Y lo dejo aquí, sin llave. Que cualquiera pueda abrirlo y mirar dentro, y que encuentre las llaves de la casa de mi abuelo, y mi relato *Ciudad de Sombras*, y mis anteojos, y la lapicera que me dio la mujer amada, y que desde entonces usé para escribir cada sentimiento.

Y ya está todo lo que puedo llevar conmigo. Se quedan los hijos con sus sueños y caminos que los esperan, y que ojalá nunca pongan distancias entre nosotros. Quedan los lugares que amé, la brisa, la lluvia y los días de sol. Quedan el mar y las flores del jardín, la compañía de los perros, y las caminatas. Y también las estrellas que conté en las noches de soledad, desde el banco del jardín, en la casa de Sunrise. Y el sentimiento con que llamé a mi madre, en esas noches en que creí quedarme sin fuerzas.

A último momento decido completar mi baúl y agrego a mis amigos y sus recuerdos, los juegos de mi niñez con mis hermanos, los abrazos de mis hijos y el olor a hogar de la casa de mi madre.

También he decidido guardar el recuerdo de aquella primera noche en San Francisco, con toda la magia y el misterio de la mujer que allí conocí, y que desde entonces amé.

Alas prestadas

Vi en misa a dos personas mayores que avanzaban por el pasillo lateral, fueron hasta la fila aquella en la que había un hombre y dos mujeres de cabellos blancos también. Se saludaron todos efusivamente como esa gente que celebra cada encuentro como si pudiera ser el último. Él llevaba bastón, ella era delgada y un poco más alta. Luego de los saludos, el hombre le pidió a una de las mujeres que si por favor podía correrse, y se sentó junto a su esposa. La abrazó pasándole el brazo por la espalda, hasta que la mano del hombre quedó sobre el hombro de la mujer. Parecían dos adolescentes que se habían hecho su declaración de amor en la fiesta de la noche anterior.

Lo que más me gusta de ir a misa, es mirar a la gente. Para mí es todavía uno de los pocos lugares en los que se puede estar quieto, observar, adivinar historias. El mundo se ha convertido en una montaña rusa, en la que todos vivimos sin poder siquiera detenernos a pensar hacia dónde vamos. Es aquí donde a veces me quedo, más que atendiendo la ceremonia, en el intento de meterme en esas historias que les hago a las personas que veo sentadas alrededor.

Este hombre y su mujer hicieron que volviera a mi memoria el recuerdo de mi abuelo y la mujer que fue el amor de su vida. Yo era un chico cuando pasó todo esto, pero me gusta imaginarlo así.

En el garaje estaba la vieja motocicleta, toda negra y sin brillos. Las motos de esa marca sólo pueden ser negras, había escuchado alguna vez. Y así como los jeeps sólo pueden tener ojos redondos, quiso ser como aquellos que sienten que hay cosas que no deben cambiar, que no deben alterarse.

Los cilindros de la moto, cada uno hacia un costado, como un par de alas que se mantenían abiertas con el deseo de volar, como el que estos dos enamorados habían experimentado por tantos años.

Miró a su mujer a los ojos, esos ojos almendrados que resistían el paso del tiempo, manteniendo la mirada con ese brillo que la hace distante.

—Vamos a pasear como en los viejos tiempos —dijo ella. Y dándole un abrazo entre maternal y amante, le acarició la cabeza y lo apretó fuerte.

Se pusieron ropa más adecuada, y ella le alcanzó su casco, justo cuando él terminó de sacarle el polvo a la vieja motocicleta, que como aquellos dos ancianos sonrientes, volvió a sentirse nueva.

La mujer se subió, metió la llave en la ranura, y apretó el botón de arranque. El motor no se demoró en encender, y una bocanada de humo blanco salió por el escape. Mi abuelo cerró el portón del garaje, se montó a la grupa, y rodeó con sus brazos ese cuerpo amado, como tantas noches en que el sueño los encontró así, abrazados.

Recorrieron despacio las calles empedradas de San Ángel, que en la época de las lluvias dejan que crezca entre sus piedras, el pasto verde que hace fuerza por sobrevivir el paso de los vehículos. Como si fuera la primera vez, sus ojos disfrutaron el color de las flores, las sombras de los árboles centenarios, los perros echados en sus interminables descansos. Doblaron por Frontera, y el pueblo quedó atrás.

Tomaron el Periférico, que en aquellos años estrenaba su segundo piso, y el motor aceleró para sumarse al tráfico veloz. Fue la motocicleta como un caballo bronco, y ellos dos, jinetes contra el viento.

Un rato más tarde, iban ya por el camino del sur, buscando las colinas cubiertas de árboles que el abuelo aprendió a amar de grande, porque él no nació allí. El abuelo anduvo mucho, no sé si tanto por gusto o por tener que pelear la vida. Mi viejo me cuenta que siempre hablaba de su país con mucho cariño, y que le hubiera gustado tanto volver, pero cuando llegó el momento en que podía hacerlo, conoció al amor de su vida, y convirtió a ese amor en la patria a la que todos soñamos regresar. Su patria, su casa y su lugar.

El abuelo decía que su vida feliz comenzó junto a ella, ¡y cómo la quería! Y ella, ella también. Contaba el viejo que ella se enamoró de su corazón, que lo había buscado desde que era una niña, que había soñado con él desde siempre. Y el abuelo se preguntaba por dónde habría buscado, que tardaron cincuenta años en encontrarse. El abuelo siempre hablaba del corazón de su mujer, decía que no había un corazón más tierno en este mundo.

La motocicleta avanzaba feliz por la ruta llena de curvas, y la mujer la inclinaba así suavemente en esta curva, y luego la enderezaba, y luego suavemente para el otro lado, y volvía a enderezarla. Y el abuelo pegadito a su amada, seguía sus movimientos como si fueran una pareja que está bailando muy junta, sin apuro, como si nada en el mundo importara más que esa pieza de baile.

Mi viejo me contó que había veces que el abuelo les pedía que no los visitaran, que quería estar solos, porque tenían noche romántica. Y que en esas noches románticas los dos se vestían como para una fiesta, y que cenaban a la luz de una vela, y se leían el uno al otro algo que se habían escrito, y luego bailaban abrazados muy juntos, enamorados. A los dos les gustaba escribir, y lo hacían todos los días, cartas de amor, relatos, poesías. Hay miles de páginas en las que quedó escrita su historia de amor. Me cuenta mi viejo que se las dejaban leer a los hijos, yo a veces las leo, y me parece increíble que dos seres hayan podido amarse tanto. El amor es contagioso, cuando uno lee esas cosas, como que dan ganas de poder amar así. Parece tan sencillo. Siempre me acuerdo de una carta que el abuelo le escribió a mi abuela, me gusta llamarla así, mi abuela. Le decía en la carta que una vez escuchó que el hipocampo, el caballito de mar, es el símbolo de los enamorados. Los hipocampos son criaturas monógamas, y que cuando encuentran su pareja se abrazan el uno al otro, y viven así siempre. Y cuando uno de ellos se muere, el otro continúa abrazado, se van hasta el fondo y mueren juntos. Esa historia me hace llorar, pero no sé si es de tristeza o de emoción. Quizás un poco de las dos cosas.

En aquella curva cerrada, en la que siempre bajaban la velocidad, mi abuelo se abrazó con fuerzas a mi abuela, y ella aceleró sin inclinar la motocicleta, que se salió de la ruta y pareció que podía volar, hasta que se perdió en el vacío.

Mi viejo me dijo que el abuelo estaba muy enfermo, y que se iba a morir. Al día siguiente encontraron los cuerpos abrazados de mis abuelos. Yo me acordé de los hipocampos que mueren abrazados. Y lloré como ahora. Un poco por tristeza creo, y otro poco de emoción.

Y me ha dado por pensar en los dos,
y en el amor grande que estamos haciendo juntos,
y en todo lo que te quiero,
y en lo atinado de aquellas cartas
y mi certeza de que había encontrado
lo que por tantos años busqué.

Celina

Índice

www.ingramcontent.com/pod-product-compliance
Lightning Source LLC
Chambersburg PA
CBHW051305170626
46809CB00004B/1782